KB170975

영달동 미술관

일러두기

- 그림 제목은 한글 제목과 영문 제목만 병기했다.
- 그림 사이즈는 '가로×세로'로 표기했다.

영달동 미술관

피지영 · 이양훈 지음

행복한작업실

차례

영달동 미술관

버스에서 내려 집으로 향할 때면 늘 그랬다. 도로의 신호등과 가로등 불빛에서 멀어질수록 어둠이 짙어지는 만큼 몸과 마음이 무거웠다.

영달동은 한때 이 도시의 중심지였다. 2000년대 초반까지만 해도 일제 강점기에 지은 적산 가옥과 근대 건물의 멋에 이끌린 사람들이 찾던 명소이기도 했다. 하지만 도시의 동쪽 바닷가에 신시가지가 조성된 뒤로 나날이 쇠락해 갔다. 사람들의 발길이 뜸해지자 상가가 하나둘 문을 닫기 시작했다. 거리 양쪽의, '근대 문화유산'이라는 딱지가 붙은 건물들은 흉흉한 폐가로 전락하고 말았다.

역사·문화 거리를 조성해서 지역을 살려 보겠다던 시(市)의 노력도

허사였다. 오래된 건물의 운치를 살려 문을 열었던 역사 탐방관과 문화 체험관, 소극장, 소규모 미술관, 공방, 카페들은 채 2년을 버티지 못하고 모두 떠났다. 남은 것이라고는 소주, 막걸리, 주전부리와 빛바랜 잡화 따위를 파는 구멍가게와 허름한 식당 하나뿐. 저녁 어스름이 퍼지기 시작하면 구멍가게 앞 평상에 앉아 햇볕을 쬐던 노인들도 물러가고 동네는 그대로 적막에 휩싸였다. 갈 곳 없는 늙은이와 저렴한 월세에 발목이 잡힌 날품팔이 노동자들, 앞날이 막막한 청춘들만이 이 동네의 주민으로 남아 있었다.

다른 도시에서 대학을 졸업하고 마땅한 일자리를 찾지 못한 도현은 서울에서 공무원 시험을 준비했다. 2년 동안 매달렸지만, 뜻을 이루지 못했다. 시험을 치를 때마다 경쟁률이 치솟았다. 고향 집을 담보로 받은 대출금으로는 더 이상 서울에서 버틸 수가 없었다.

어머니가 세상을 떠난 뒤로 고향 집은 4년 가까이 비어 있었다. 공인중개사 사무소에 내놓았지만, 인적이 끊긴 구도심의 쓸데없이 크고 낡은 집을 매입하겠다는 사람은 나타나지 않았다. 중개 사무소 직원 말로는 집을 보러 오는 사람이 전혀 없다고 했다. 상황이 점점 나빠졌다. 부동산 가치가 하락하자 대출을 상환하라는 은행의 압박이 거셌다. 숙소를 해결하고 아르바이트라도 해서 생계를 유지할 방법은 귀향뿐이었다. 고향 집으로 돌아온 지도 벌써 6개월이 가까워지고 있었다.

고향인 영달동은 어머니 장례를 치르느라 들렀던 4년 전보다 더욱 퇴락해 있었다. 간간이 오가던 차량과 인적이 더욱 뜸해졌다. 건질 것 하나 없는 동네에 생각 없이 뿌려 댄 광고 전단지가 거리에 나뒹굴었고, 빈 상가 안에는 낡은 가구와 집기들이 먼지를 쓴 채 방치되어 있었다. 휘황찬란한 네온사인으로 온 거리가 번쩍이는 도시에서 이 동네만이 과거의 시간 속에 유폐된 것처럼 버려져 있었다.

동네 어귀에 들어서자, 거리의 중간쯤에 서 있는 전봇대에 매달린 보안등이 눈에 들어왔다. 지난 6개월 가까이 밤늦은 시각에 일을 마치고 동네 거리에 들어설 때면 불규칙적으로 깜빡거리는 보안등이 가장 먼저 도현을 맞았다. 신기한 일은 어떻게 보안등의 전구가 내내 깜빡거리면서도 기어이 먹통이 되지는 않는가 하는 점이었다. 보안등의 깜빡이는 불빛 아래를 지나칠 때마다 그는 수명을 다한 짐승이 마지막 숨을 헐떡이는 것이 연상되어 기분이 언짢았다. 영달동의 쇠락한 현실을 고장 난 보안등 불빛이 대변하고 있었다.

그런데 그날은 보안등 불빛이 깜빡거리지 않았다. 주민 센터에서 드디어 전구를 교체한 모양이라고 도현은 생각했다. 달라진 점은 그뿐만이 아니었다. 보안등 맞은편 건물 1층에서 불빛이 새어나왔다. 걸음을 옮기다가 그는 불이 켜진 건물의 유리문 안쪽을 조심스럽게 들여다보았다. 입구 처마에 은은한 불빛을 내뿜는 전등이 켜져 있고, 안쪽에도 엷은 조명이 밝혀져 있었다. 유리문 안쪽에 서 있는 가림막에 '영달동 미술관'이라는 글씨가 새겨져 있었다.

'여기에 화랑이 있었던가?'

도현은 기억을 더듬어 보았다. 한때 이곳에는 근대 문화 체험관이 있었다. 일제 강점기 때의 이 일대 풍광과 유서 깊은 건물들을 미니어처로 만들어서 전시했다. 문화 체험관이 문을 닫은 것도 꽤 오래전이었다. 제법 정교하게 만들었던 미니어처들은 신시가지에 새로 생긴 박물관으로 옮겨 가고, 건물은 오랫동안 텅 빈 채 방치되어 있었다. 하지만 살짝 들여다본 그 공간의 내부는 예전과는 전혀 다른 모습으로 꾸며져 있는 듯했다.

'이렇게 내부를 싹 고치려면 제법 시간이 걸렸을 텐데, 왜 내 눈에는 안 띄었지?'

편의점 아르바이트를 위해 집을 나서는 시각이 대략 오후 2시, 일을 마치고 집으로 향하는 시각이 밤 10시 전후였다. 그 시간 동안 내부 공사를 했다는 것인데……. 도무지 알 수 없는 노릇이었다.

도현은 유리문으로 바짝 다가가서 '영달동 미술관'이라는 글씨의 아래쪽에 있는 작은 글귀를 읽었다.

화가는 그림 속에 자신의 세계를 구축한다.

그림은 자신과 눈을 맞추는 이에게 말을 건다.

그때 가림막 뒤쪽에서 사람 그림자가 얼핏 보였다. 도현은 도망치 듯 황급히 걸음을 옮겼다. 늦은 시각에 안을 기웃거린 것이 마음에 걸린 탓이었다. 도대체 누가 무슨 생각으로 이 허름한 동네에 화랑을 열었는지 알 수 없지만, 그래도 오랜만에 문화 공간이 하나 생겼다는 사실은 반가운 일이었다.

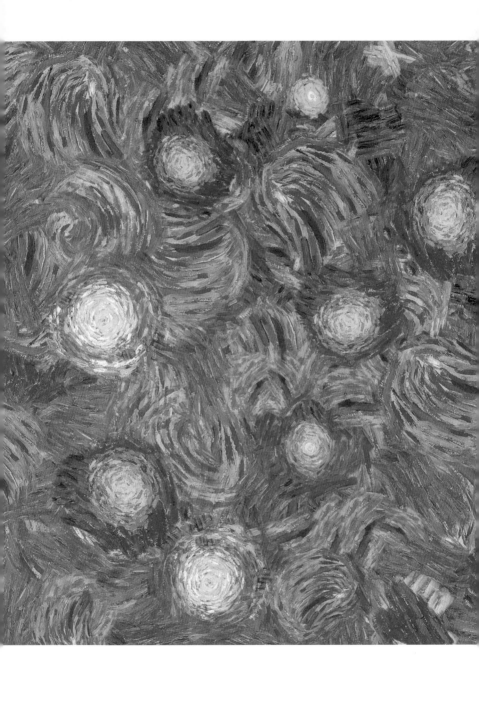

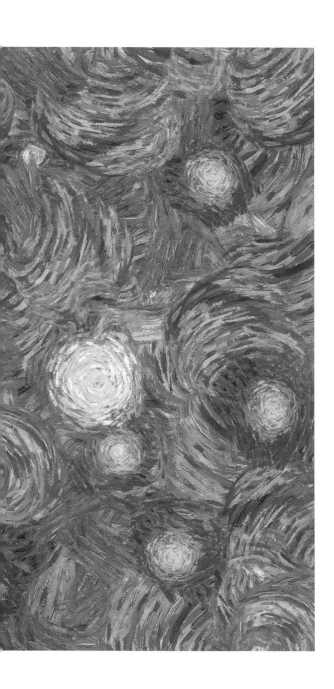

Episode 1

아를의 침실 창문을 열면
햇살이 쏟아질 거야

빈센트 반 고흐(Vincent van Gogh)
1853~1890, 네덜란드

라울 뒤피(Raoul Dufy)
1877~1953, 프랑스

집에 도착한 뒤 도현은 곧장 마당을 가로질러 외벽에 딸린 철제 계단을 통해 2층 옥탑방으로 향했다.

원래 2층은 물탱크만 덩그러니 서 있던 옥상이었지만 도현이 고등학생 때 공부방으로 쓰라며 어머니가 방을 만들어 주었다. 1층에 방이 3개 있지만, 하나는 어머니가 그림 그리는 작업실로 썼고, 하나는 어머니가 그린 그림과 온갖 잡동사니를 보관하는 창고로 썼기 때문에 도현은 다 자랄 때까지도 자기 방을 가져 본 적이 없었다. 중학생 때까지도 그는 거실이나 식탁에서 공부를 하고 잠은 어머니와 함께 잤다. 그러다가 고등학교에 진학할 무렵 어머니가 옥상에 방을 마련해 주었다. 나중에는 화장실을 쓰느라 도현이 아래위로 오르락

내리락하는 것이 보기 안쓰러웠던지 화장실을 겸하는 욕실까지 만들어 주었다.

도현은 그 방을 사랑했다. 학교 수업을 마친 뒤 집으로 돌아가 1층에서 어머니와 저녁을 먹고 옥탑방에 들어서면 그제야 마음이 놓였다. 어머니는 빨래를 널 때 말고는 올라오지 않았기 때문에 옥상과 옥탑방은 오롯이 그만의 세상이 되었다. 노을이 지는 광경을 바라보는 것도, 밤하늘의 별을 헤아리는 일도 즐거웠다. 여름에는 모기장을 치고 옥상에서 별을 올려다보며 잠이 들었다. 어떤 때는 새벽에 불어닥친 소나기에 몸이 흠씬 젖기도 했다. 하지만 그는 모기장 틈으로 빗물이 뚝뚝 떨어지는 속에서 잠이 깨는 것을 오히려 즐겼다.

독립된 공간을 가진 청소년들이 또래 아이들을 불러들이는 것과는 달리 도현은 철저하게 옥탑방을 자신만의 아지트로 삼았다. 그곳에서 꿈을 꾸었고, 공부를 했고, 공상을 하고, 안으로 침잠했다. 고향 집의 옥탑방은 그가 오롯이 자신을 맡길 수 있는 아늑한 성채이자 청소년기의 혼란스러운 마음을 편안하게 저장할 수 있는 금고였다. 그만큼 옥탑방을 사랑했다.

하지만 다른 도시에서 대학에 다니는 동안 고향 집 옥탑방은 도현의 삶에서 조금씩 멀어져 갔다. 타지 생활을 한 처음에는 그 방을 떠올리며 잠들기도 했지만, 그리움은 시간이 지날수록 희미해졌다. 혼자 지내는 어머니가 마음에 걸려 간간이 고향 집에 다니러 왔지만,

그것도 시간이 지나면서 점점 뜸해졌다. 지방에서 태어난 많은 청년들이 그러하듯 그에게도 지방의 고향은 돌아가야 할 곳이 아니라 떠나야 할 곳이 되었다.

군대에 다녀오고 복학한 지 오래지 않아 어머니가 갑자기 세상을 떠났다. 돌아가시기 며칠 전 어머니가 전화를 걸어 가벼운 병세가 있어서 병원에 입원하게 되었노라고 했다. 마침 시험 기간이어서 도현은 주말에 내려가기로 하고 전화를 끊었다. 그랬는데 금요일 새벽에 병원 간호사로부터 어머니가 세상을 떠났다는 연락을 받았다.

도현의 어머니는 오랫동안 암을 앓고 있었고, 병원에서 어떻게 손을 써 볼 수 없을 정도로 악화되어 있었다고 했다. 그동안 꽤 고통스러웠을 텐데 몰랐느냐고 의사가 책망하듯 도현에게 물었다. 그는 까맣게 몰랐다. 너무나 갑작스러운 일이어서 눈물도 나지 않았다. 장례를 치르고 고향 집의 명의를 변경하기 위한 몇 가지 법적 절차를 밟은 뒤 학교로 돌아갔다. 한동안 어머니의 죽음이 실감나지 않았다. 당장이라도 고향 집으로 돌아가 현관을 열고 1층으로 들어서면 어머니가 "왔니?"라고 말할 것만 같았다.

철없는 친지 중에는 그래도 집이라도 한 채 물려받았으니 얼마나 다행이냐고 말하는 이도 있었다. 처음에는 도현도 그렇게 생각했다. 변변찮은 학벌에 배경도 없는 청년이 혼자 힘으로 자립하기가 하늘의 별 따기인 시대다. 서울 생활을 하며 공무원 시험을 준비할 수 있었던 것도 고향 집을 담보로 대출을 받았기 때문이었다. 하지만 고향 집에 돌아온 뒤 6개월 가까이 버스로 여섯 정거장 떨어진 번화가의 술집과 편의점에서 아르바이트를 하며 조금씩 대출을 상환하고 근근 이 연명하는 동안 생각이 바뀌었다. 고향 집은 어머니가 남겨 준 유산이 아니라 그를 이 허름한 동네에 묶어 두는 족쇄로 다가왔다.

옥탑방에 들어서자 퀴퀴한 냄새가 코를 찔렀다. 아무렇게나 벗어던진 옷가지와 인스턴트 음식의 용기가 여기저기에 흩어져 있었다. 바다를 향해 나 있는 창문은 지난 몇 개월째 굳게 닫혀 있었다. 더 이상 옥탑방은 도현이 사랑했던 그때의 공간이 아니었다. 쳇바퀴처럼 이어지는 의미 없는 시간을 지속하기 위해 잠시 쉬어 가는 곳일 뿐이었다. 집이 팔리면 미련 없이 이 동네를 떠날 생각이었다. 별다른 계획이 있는 것은 아니었다. 고향 집과 이 낡은 동네에서 벗어나는 것만이 유일한 계획이었다.

●

다음 날 아르바이트를 하기 위해 도현이 집을 나설 때였다. 동네 노인 몇 명이 새로 문을 연 화랑 앞에 모여 있었다. 항상 군복을 입고 다니는 노인은 주책없이 유리문에 바짝 붙어 눈가에 손차양을 하고는 안을 살폈다. 온종일 구멍가게 앞 평상에 앉아 멍한 눈길로 의미 없는 대화를 주고받는 것이 유일한 일상인 늙은이들에게 화랑이 좋은 먹잇감이 된 듯했다. 오랜만에 동네에 문을 연 문화 공간이 노인들 등쌀에 성가셔 하지나 않을까 적이 신경이 쓰여 도현은 눈살을 찌푸렸다. 그때 유리문에 반사된 도현을 발견한 군복 차림의 노인이 홱 몸을 돌려 도현을 쏘아보았다. 노인과 눈이 마주치자 도현은 황급히 걸음을 옮겼다. 늘 사람을 매서운 눈길로 쳐다보는 기분 나쁜 노인이었다.

도현이 거리를 거의 벗어날 즈음 주민 센터에서 일하는 여자와 마주쳤다. 그녀는 도현을 발견하고는 멈칫하더니 일부러 시선을 멀리 둔 채 똑바로 걸어갔다. 그 역시 껄끄러워서 눈길을 아래로 깐 채 걸음을 서둘렀다.

김정현……. 도현은 그녀를 안다. 그녀도 도현을 안다. 고향 집에 돌아와 생활하기 시작했을 무렵 주민 센터에서 도현을 발견하고는 반갑게 알은 체를 하는 정현을 피해 버린 것이 화근이었다. 그녀와 그는 초등학교 동창이다. 심지어 2년 동안 같은 반이었다. 같이 학교에 다닐 때 가깝게 지낸 것은 아니었지만, 그렇다고 성인이 된 그녀를 못 알아볼 정도는 아니었다. 도현은 부끄러웠다. 친구들이 모두 떠난 옛 동네에 패잔병처럼 돌아와 아르바이트로 근근이 생활을 이어 가는 모습을 보이기 싫었다. 가끔 동네에서 또래 청년을 맞닥뜨릴 때도 마찬가지였다. 너나없이 죄다 상대를 투명 인간 취급했다.

지방 소도시의 낙후된 동네에 유배된 처지끼리 말을 섞어 보았자 볼썽사나울 뿐이라고 생각하는 듯했다. 더군다나 정현은 도현이 되고자 했으나 뜻을 이루지 못한 공무원 신분이었다. 주눅이 들지 않을 수 없었다. 그래서 떨떠름하게 대했던 건데, 이후로 그녀는 동네에서 마주칠 때마다 차가운 표정으로 도현을 외면했다.

정현은 성격이 꽤 사근사근한 듯, 동네 노인들과 스스럼없이 잘 지냈다. 도현은 언젠가 구멍가게 앞에서 그녀와 노인들이 함께 있는 모습을 보았는데, 평소 고목나무처럼 바짝 말라 있던 늙은이들의 눈에 생기가 돌고 있었다.

정현은 어릴 때부터 활달했다. 짓궂은 남자 아이들이 여자 아이들을 상대로 장난을 치면 그 아이가 응징하러 나서고는 했다. 철없는 여동생 같다가도 어느새 누나처럼 어른스럽게 또래 남자 아이들을 제압하는 종잡을 수 없는 아이였다.

'그녀에게 나는 어떤 아이로 기억되고 있을까?'

아마도 숫기 없고 말수 적으며 있는 듯 없는 듯했던 존재로 기억하고 있을 거라고 도현은 생각했다.

●

같은 날 밤, 도현은 편의점 아르바이트를 마치고 동네의 거리로 들어섰다. 텅 비고 어두운 거리를 보안등이 어슴푸레 밝히고 있었다. 한 집 건너 한 집이 비어 있는 골목의 낡은 집 쪽방마다에는 이른 저녁에 TV를 켜 놓고 잠이 든 노인들과 고단한 몸을 누이고 코를 고는 노동자들과 깜깜한 미래에 삶을 향한 의지를 놓아 버린 청춘들이 웅크리고 있을 것이다. 언제쯤 이 동네를 떠날 수 있을까? 시세보다 훨씬 저렴하게 내놓으면 집이 팔릴까? 그즈음 도현은 온통 그런 생각만 하면서 지냈다.

전날과 마찬가지로 갤러리 입구와 내부에 은은한 조명이 켜져 있었다. 암울한 회색 동네의 캄캄한 거리에 갤러리가 희미한 생기를 불어넣고 있었다. 하지만 오래가지 않을 것이다. 찾아오는 사람이 없는 이 외딴 동네에서는 건질 것이 아무것도 없다는 사실을 곧 깨닫게 될 것이다. 그 생각을 하자 도현은 벌써부터 가슴이 텅 비는 것 같았다. 예정보다 일찍 손님을 떠나보낸 깊은 산속 산장의 주인이 이런 마음일까……?

유리문을 살짝 밀어 보았다. 당연히 잠겨 있을 줄 알았던 문이 밀렸다. 설마 이 시각까지 문을 여는 것은 아닐 텐데, 혹시 주인이 문 단속하는 걸 잊은 건가? 도둑조차 외면하는 동네였지만, 그래도 불미스러운 일이 생기면 화랑 주인이 이 동네를 더 싫어할게 될지 모른다는 걱정이 들었다.

도현은 인기척을 내면서 건물 안으로 들어섰다. 가림막 뒤로 고개를 들이밀고 조용히 말했다.

"계세요?"

조금 사이를 두고 제법 큰 목소리로 "안 계십니까?"라고 말했지만, 아무런 대답도 돌아오지 않았다.

안으로 들어섰다. 실내는 어둑어둑했다. 천정에 설치한 베이지색 핀 조명 하나가 오른쪽 벽을 비추고 있었고, 거기에 그림이 걸려 있었으며, 그림 양쪽의 벽면에 커튼이 드리워져 있었다. 가림막 맞은편과 왼쪽 벽에도 그림들이 걸려 있었지만, 그곳에는 조명이 닿지 않아 어떤 그림이 걸려 있는지 알 수 없었다. 그리고 실내 한가운데에 의자 몇 개가 놓여 있었다.

도현이 예상했던 것과는 다른 모습이었다. 의미를 해독하기 힘든 커다란 그림들이 벽을 채우고 있을 줄 알았는데, 어디선가 본 듯한 낯익은 그림 몇 점이 빈약하게 걸려 있었다. 핀 조명이 비추고 있는 그림은 그도 잘 아는 것이었다. 진품이 여기에 있을 리 없었다. 모사품을 전시하는 화랑이라……. 이 동네에 화랑을 연 것부터가 그랬다. 주인의 정신세계가 참으로 궁금했다.

도현은 의자에 앉아 마주 보이는 그림을 응시했다. 그의 어머니가 특히 좋아한 그림이었다. 그가 그 그림을 처음 접한 것도 어머니가 자주 펼쳐 보던 미술 서적에서였다. 그가 고등학교 다닐 때부터 어머니는 그 그림을 따라 그리기 시작했다. 작업 속도가 상당히 더뎠다. 도현이 대학에 입학할 무렵까지도 여전히 미완성인 채로 작업실 이젤에 세워져 있었다. 어머니가 그 그림을 완성했는지 어땠는지 도현은 새삼스럽게 궁금증이 일었다.

"고흐의 〈아를의 침실〉입니다."

갑작스러운 음성에 화들짝 놀란 도현은 자리에서 일어나 뒤를 돌아보았다. 조명이 닿지 않은 실내의 어둠 속에서 한 남자가 다가왔다. 불빛 쪽으로 다가와서야 도현은 남자의 얼굴을 볼 수 있었다. 도현의 또래로, 어딘지 모르게 낯이 익은 얼굴이었다. 단정하게 빗어 넘긴 짧은 머리에 양복을 차려입고 있었는데, 상의와 하의의 품이 넉넉해서 약간 시대에 뒤처진 인상을 주었다.

"불이 켜져 있고 문이 열려 있기에 혹시 문단속을 안 하셨나 걱정이 되어 들어왔습니다."

도현이 당황해서 변명하자, 남자가 미소를 지어 보였다.

"언제든 찾아 주시라고 일부러 문을 잠그지 않았습니다. 앞으로도 편하게 찾아 주십시오."

그러고 나서 남자는 도현에게 의자에 앉으라는 손짓을 했다. 편하게 그림을 감상할 마음은 아니었지만, 남자의 호의를 무시할 수 없어서 도현은 의자에 앉았다.

"불행으로 점철되었던 고흐의 인생에서 몇 안 되는 행복의 순간을 포착한 그림입니다."

아를의 침실 [Bedroom in Arles]
빈센트 반 고흐, 1888
캔버스 유화, 90×70cm
네덜란드 암스테르담, 반 고흐 미술관

도현은 다시 그림을 들여다보았다. 어릴 적 어머니의 무릎에 앉아 함께 미술책을 들여다보던 때가 떠올랐다. 그때 어머니는 젊고 예뻤다. 어머니 무릎에 앉으면 항상 좋은 냄새가 났다. 가장 행복했던 시절, 그 순간을 그대로 붙잡아 둘 수는 없었을까……?

"집안의 가업이었던 목회 일을 접은 뒤 고흐는 오직 그림에만 매달렸습니다. 그림 공부를 시작하기에는 늦은 나이였고 배움에도 어려움이 있었지만, 그것이 오히려 전통적인 기법에 얽매이지 않고 고흐 자신만의 화풍을 만들어 내는 계기가 되었죠."

도현은 자신도 모르게 고개를 끄덕였다. 그가 알고 있는 고흐의 그림은 몇 점 안 되었다. 〈별이 빛나는 밤에〉와 〈귀를 자른 자화상〉, 〈밤의 카페테라스〉 그리고 지금 보고 있는 〈아를의 침실〉이 전부였다. 하지만 도현이 모르는 고흐의 그림을 접하더라도 그의 작품임을 알아볼 수 있을 만큼 고흐의 그림은 독특했다.

"고향인 네덜란드에서 홀로 그림을 그리던 고흐는 어느 날 파리에서 화상(畫商)으로 꽤 성공한 동생 테오를 찾아갑니다. 잘 알려져 있다시피 테오는 언젠가 자신의 형이 위대한 화가가 될 것이라는 믿음을 갖고 후원을 아끼지 않았죠. 고흐와 테오는 파리에서 이 년 동안 함께 살았는데, 이때 파리의 인상주의 화가들과 작품을 접하면서 고흐의 예술 세계는 한결 풍요로워졌습니다."

남자는 〈아를의 침실〉에서 눈을 떼지 않은 채 설명을 이어 갔다.

"당시 인상주의 화가들은 일본의 풍속화인 '우키요에'의 매력에 빠져들었고, 고흐 역시 자신의 그림 속에 우키요에를 그려 넣을 정도로 좋아했습니다. 우키요에를 향한 동경은 일본이라는 나라에 대한 동경으로 자랐고, 고흐는 일본에 가기를 희망했습니다. 여기를 보십시오."

남자가 가림막 맞은편 벽으로 다가가 스위치를 누르자 천정의 핀 조명에 불이 들어왔다. 그 벽에는 두 점의 그림이 걸려 있었다. 딱 보아도 고흐의 작품임을 알 수 있었다. 남자는 오른쪽 그림을 손으로 가리키며 말했다.

"이 그림은 고흐의 〈탕귀 영감〉이라는 작품입니다. 고흐는 이 그림에 일본의 풍속화인 우키요에를 그려 넣었죠."

그랬다. 포즈를 취하고 앉은 노인 뒤로 일본풍의 그림들이 배치되어 있었다. 남자의 말이 이어졌다.

"하지만 당시에 유럽에서 일본으로 간다는 것은 현실적인 어려움이 따랐습니다. 그래서 일본을 대신해서 택한 곳이 프랑스 남부의 아를이었어요. 뜨거운 햇살이 부서지는 그곳이 고흐에게는 일본이었던 셈이죠. 물론 성격이 까다로운 고흐와 동거하는 것이 힘든 데다 파리보다 물가가 싼 지방으로 형을 보내서 생활비를 아끼고자 했던 테오의 바람도 고흐의 아를행을 부추겼습니다."

"그때 고흐가 저 그림을 그린 거군요?"

탕귀 영감 [Père Tanguy]
빈센트 반 고흐, 1887
캔버스 유화, 75×92cm
프랑스 파리, 로댕 미술관

도현이 〈아를의 침실〉을 가리키며 말하자, 남자가 고개를 끄덕이며 덧붙였다.

"고흐에게는 화가들의 공동체를 만들겠다는 꿈이 있었어요. 서로의 예술 세계를 주고받으며 같이 작업을 하고, 각자가 얻은 수익을 모아서 함께 생활하는 공동체였지요. 고흐는 파리의 예술가들에게 아를의 아름다운 풍경 속에서 화가들의 공동체를 만들자는 편지를 보냅니다……."

하지만 무명 화가 고흐의 제안은 관심을 끌지 못했다. 고흐의 딱한 사정을 알게 된 테오는 자신이 그림을 팔아 주는 화가들에게 형과 함께해 줄 것을 권유했다. 이에 응한 화가가 고갱이었다. 고흐의 이상향인 일본과 같은 곳이 고갱에게도 있었다. 문명의 때가 묻지 않은 타이티가 고갱의 유토피아였다. 그는 '형과 함께 아를에서 작업을 한다면, 매달 생활비를 보내 줄 뿐만 아니라 우선적으로 작품을 팔아 주겠다'는 테오의 제안을 수락하고 아를로 향했다. 그러면서 친구인 에밀 베르나르에게 '네덜란드 형제의 모략에 응하지만 5,000프랑만 모으면 곧장 타이티로 떠나겠다'는 편지를 보냈다.

"……고흐는 자신의 꿈이 이루어지는 듯해서 들떴습니다. 고갱처럼 이름 있는 화가가 오면 많은 화가들이 그 뒤를 따를 것이라고 생각했죠. 아를에서 허름한 호텔에 묵고 있던 고흐는 아예 집을 통째로 빌립니다. 그 집이 바로 그림으로도 유명한 '노란 집'입니다."

노란 집 [The Yellow House]
빈센트 반 고흐, 1888
캔버스 유화, 91.5×72cm
네덜란드 암스테르담, 반 고흐 미술관

그러면서 남자는 〈탕귀 영감〉 옆에 걸려 있는 그림을 가리켰다. 그림에는 몇 채의 빌라가 모여 있는 주택가가 담겨 있었다. 고흐가 아를에서 빌린 집을 그린 그림이었다.

"화가의 시각에서 가장 가까이 있는 건물의 오른쪽이 '노란 집'입니다. 이 층으로 된 집의 아래층에는 작업실과 부엌이 있고 위층은 침실 두 개가 있었습니다. 다시 〈아를의 침실〉을 보세요."

도현은 시선을 〈아를의 침실〉로 향했다. 미술관 남자의 말이 계속되었다.

"그림에서 오른쪽이 아래층으로 내려가는 문이고, 왼쪽에 고갱의 방으로 가는 문이 있습니다. 정면의 창문은 남쪽을 향했죠. 이 창을 통해 고흐는 '일본과 같은' 아를의 강렬한 햇살을 만끽했을 겁니다……."

고흐는 고갱을 맞이할 준비를 하면서 정성을 기울였다. 비싼 침대와 의자도 장만했다. 고흐 자신의 방도 정성껏 꾸몄다. 아마도 생애 처음으로 제대로 된 자기 집과 방을 가졌다는 기쁨이 컸을 것이다.

고흐는 방을 꾸미고 난 뒤에 그 모습을 스케치한 그림과 함께 편지를 동생에게 부쳤다.

나는 제대로 된 집을 꾸미고 싶었어. 나뿐 아니라 누군가를 초대할 수 있는 그런 집. 내 침실은 단순하게 만들 거야. 휴식이나 수면의 인상을 주고

고흐가 동생 테오에게 보낸 〈아를의 침실〉 스케치

싶어. (…) 이 그림은 나에게 강제로 주어진 휴식에 대한 일종의 복수라고
할 수 있지.

고흐는 자신의 침실을 담은 이 그림을 매우 좋아했다.

"……조금 전에도 말씀드렸다시피 이때가 고흐의 인생에서 가장
행복한 한때가 아니었나 하는 생각이 듭니다. 〈아를의 침실〉은 한 사
람의 행복이 응축된 그림인 셈이에요. 하지만……."

거기에서 남자는 말을 끊었다. 그림에 문외한인 사람이라도 고흐
의 말로가 비참했다는 사실은 알 것이다. 그러니까 이 그림은 불행
으로 치닫기 전 불꽃처럼 피어났던 행복이 사그라지기 직전을 담은
것이었다. 도현은 다소 우울해져서 시선을 바닥으로 향했다. 남자

가 말했다.

"오늘은 여기까지 했으면 합니다. 그래야 우리의 다음 만남을 기대할 수 있을 것 같군요."

도현이 고개를 끄덕였다. 다시 찾아오겠다는 약속이었다. 남자가 미소를 지어 보였다. 도현 역시 미소로 응답했다.

도현은 남자와 목례를 나누고 미술관을 나섰다. 유리문을 통해 가림막에 적힌 '영달동 미술관'이라는 글씨를 보았다. 그러니까 영달동 미술관은 그림을 매매하는 화랑이 아니라 진짜 '미술관'이었던 것이다. 문득 도현은 관람료를 내지 않았다는 생각이 들어 다시 들어가려 했으나, 마침 실내의 불이 꺼졌다. 내일 다시 방문해야겠다고 생각하며 그는 돌아섰다. 그때 깜빡거리는 불빛이 도현의 시선을 어지럽혔다. 보안등이 다시 말썽이었다.

●

도현의 어머니는 고등학교 미술 교사였다. 어릴 때부터 그림 그리기를 좋아해서 화가가 되겠다는 꿈을 키웠지만, 대학교에서 본격적으로 미술을 공부하면서 스스로의 한계를 깨달았다고 했다. 그래서 꿈을 접고 교육자가 되는 길을 택했다. 그러니까 그의 어머니 삶은 최선이 아니라 차선이었던 셈이다.

도현의 아버지는 그가 태어나기 전에 세상을 떠났다. 미술사를 공부했던 아버지는 프랑스의 대학교에서 공부할 기회가 생겨 먼저 한국을 떠났다. 만삭이어서 몸이 무거웠던 어머니는 나중에 프랑스에서 합류하기로 하고 한국에 남았다. 아버지는 다음에도 기회가 있을 거라며 떠나기를 원치 않았지만, 어머니가 강하게 원해서 떠밀리듯이 떠났다고 한다. 해외에서 공부하는 일이 쉽지 않은 시절이었다. 어머니는 아버지의 앞길을 막고 싶지 않았던 것이다. 그랬는데, 도현이 태어나기 일주일 전에 아버지는 프랑스에서 교통사고를 당해 세상을 떠났다.

젊고 예뻤던 어머니는 주위의 권유를 다 물리치고 끝끝내 재혼을 하지 않았다. 줄곧 미술 교사로 일했던 어머니는 도현이 고등학교 진학을 앞두고 있을 때 교편을 접었다. 옥상에 도현의 방을 만들어 주던 그 무렵이었고, 〈아를의 침실〉을 따라 그리기 시작한 때였다. 어쩌면 암에 걸렸다는 사실을 어머니가 안 것이 그때였는지도 모른다고 도현은 내내 생각해 왔다.

도현은 아버지 얼굴을 몰랐다. 어머니는 아버지 모습이 담긴 사진 한 장 보여 주지 않았다. 조금 머리가 굵어졌을 때 도현은 아버지가 죽은 것이 아니라 어머니와 이혼했거나 집을 떠난 것이 아닐까 의심했다. 그렇지 않고서야 아들에게 생부의 얼굴을 감출 이유가 없었다. 하지만 도현의 의심은 사실이 아니었다. 어머니 몰래 친지들에게 물은 결과 아버지가 프랑스에서 비명횡사한 것이 맞았고, 어머니와 아버지 사이가 좋았다는 사실도 확인할 수 있었다.

가끔 어머니의 이젤에는 사람 얼굴 형체의 스케치가 그려진 캔버스가 놓여 있었다. 도현은 어머니가 아버지의 얼굴을 그리려 한다는 사실을 직감했다. 하지만 번번이 그 그림은 실패했고, 그때마다 어머니는 절망했으며, 도현은 영영 아버지 얼굴을 접할 수가 없었다.

옥탑방의 문을 열자 늘 그랬듯 퀴퀴한 냄새가 코를 자극했다. 도현은 그 냄새에 점점 익숙해져 갔다. 그는 벽에 등을 기대고 앉았다. 그러고 보니 옥탑방의 구조가 고흐의 침실을 닮아 있었다. 오른쪽 문이 출입구이고, 왼쪽 문은 옥상으로 연결되어 있다. 오른쪽 벽에 침대가 있고, 그 맞은편에 책상이 있다. 그리고 침대와 책상 사이에 창문이 나 있다. 창문이 남향이어서 낮에 창을 열면 햇살이 쏟아져 들어온다.

방을 이렇게 설계하고 꾸민 사람은 도현의 어머니였다. 어머니는 이 옥탑방을 고흐의 침실로 만들고 싶었던 걸까……?

●

편의점에 가기 위해 집을 나서서 거리를 지날 때면 항상 노인들의 시선에 곤혹스러웠다. 구멍가게 앞 평상에 앉아 햇볕을 쬐는 노인들은 아주 노골적으로 지나가는 사람을 쳐다보았다. 그중에서도 군복 입은 노인네는 무엇이 그리 못마땅한지 잔뜩 인상을 찌푸린 채 지나가는 사람들을 노려보았다. 그 시선이 거리를 벗어날 때까지 뒤통수에 따라붙는 것만 같아서 도현은 걸음을 옮기는 내내 신경이 곤두섰다.

노인들을 지나쳐서 미술관이 있는 건물 앞을 지날 때 도현은 재빠르게 그쪽을 훑어보았다. 실내가 어두웠다. 한낮의 태양빛 때문에 미술관의 낮은 조명이 눈에 들어오지 않은 것일 수도 있었다. 괜히 관심을 보이면 노인들에게 어떤 빌미를 줄 것만 같아 그는 궁금증을 털어 낼 수밖에 없었다.

그날 밤 퇴근하는 길에 도현은 미술관 앞에 멈추었다. 예의 그 은은한 조명이 입구와 실내를 밝히고 있었다. 조심스럽게 문을 열고 안으로 들어섰다. 전날의 모습 그대로였다. 그림에 대해서 설명해 주던 미술관 남자는 보이지 않았다.

의자에 앉아 〈아를의 침실〉을 바라보았다. 보면 볼수록 고향 집 옥탑방의 구조와 너무나 흡사해서 어머니가 옥탑방에 고흐의 침실을 옮겨 놓았다는 생각이 짙어졌다.

"오늘도 오셨군요?"

어느새 나타난 남자가 도현 옆에 서 있었다. 실내 어딘가의 대기실에 있다가 CCTV를 통해 관람객이 들어오는 것을 확인하면 전시관으로 나오는 모양이었다.

남자가 입을 열었다. 재생 버튼이 눌려진 CD 플레이어처럼 남자는 전날 그친 부분에서 이야기를 이었다.

"정성껏 고갱을 맞이할 준비를 했지만, 고갱은 고흐가 원하는 대로 생활하지 않았습니다. 화가들의 공동체는커녕 두 사람의 의견조차 맞추기 힘들었죠. 결국 두 달이 채 못 되어 둘은 갈라섰습니다. 바로 그날 고흐는 자신의 귀를 잘랐고, 오래지 않아 스스로 정신 병원에 들어갑니다."

익히 알고 있는 이야기지만, 도현은 마음이 무거웠다. 자신이 꿈꾸었던 세계를 바로 눈앞에서 놓쳐 버린 듯했기에 고흐는 좌절감이 더욱 컸을 것이다. 이상과 현실 사이에서 타협할 수 없고 세상에 동화되기도 힘들었던 그의 지극히 순수한 열정이 참으로 슬펐다.

미술관 남자가 〈아를의 침실〉 쪽으로 다가가더니 그림 양쪽으로 쳐져 있던 커튼을 젖혔다. 그러자 커튼에 가려져 있던 그림 2점이 나타났다. 놀랍게도 그 그림들 역시 〈아를의 침실〉이었다. 하지만 중간에 있는 그림과 느낌과 색감이 조금씩 달랐다. 누군가가 고흐의 그림을 흉내 낸 것일까? 엄마가 그랬던 것처럼?

"화가들이 머릿속으로 상상한 장면이나 사물을 그림으로 옮기고는 하는 것과 달리 고흐는 자신의 눈으로 보지 않은 것은 그리지 않았습니다. 때문에 일 년 넘게 정신 병원에서 지내는 동안 그림의 소재가 한정될 수밖에 없었죠. 그래서 고흐는 그곳에서 예전에 그렸던 자신의 그림을 복제했어요. 커튼에 가려져 있던 〈아를의 침실〉두 점이 그때 그린 것들입니다. 정신 병원에 있으면서도 고흐는 자신의 꿈에 가까이 다가갔던 행복한 순간을 회상하며 그림을 그렸을 것입니다."

도현은 이렇게 한 자리에 모아 놓아서 그나마 구분할 수 있지, 따로 따로 보았다면 같은 그림으로 여겼을 거라는 생각이 들었다. 마치 도현의 마음을 꿰뚫어본 것처럼 남자가 말했다.

"많은 분들이 〈아를의 침실〉에 여러 가지 버전이 있다는 사실을 모릅니다. 당연히 자신이 몇 번째 버전의 그림을 보고 있는지도 잘 모르죠. 하지만 침대 위에 걸려 있는 두 개의 초상화를 살펴보면 이 그림들의 차이점을 알 수 있습니다."

3편의 그림 모두에서 침대 위 벽면에 초상화가 2개씩 걸려 있었다. 가운데에 있는 첫 번째 버전에서 침대 위 왼쪽에 있는 초상화의 모델은 고흐의 친구였던 시인 외젠 보흐이고, 오른쪽은 아를에서 만난 군인 폴 외젠 미예다.

두 번째 버전인 왼쪽 그림은 첫 작품을 그린 1년 뒤에 그린 것으로, 여기에는 고흐 자신의 자화상과 한 여인을 그려 넣었다. 여인이 누구인지는 고흐가 언급하지 않아서 아직 밝혀지지 않았다. 고흐의 그림 그리는 스타일로 보았을 때 전혀 모르는 상상의 인물을 그린 것

(왼쪽) 외젠 보흐 / (오른쪽) 폴 외젠 미예

은 아닐 것이다. 그가 아를의 노란 집에서 지내며 친분을 나누었던 여자는 카페 주인인 지누 부인과 우편배달부 조제프 룰랭의 부인 정도였는데, 고흐가 이들을 그린 초상화와 비교해 보았을 때 〈아를의 침실〉 두 번째 버전에 있는 여인과는 닮지 않았다. 어쩌면 고흐의 여동생을 그린 것이 아닐까 하고 추정할 뿐이다.

세 번째 버전에는 고흐 자신과 어머니 초상화가 나란히 걸려 있다. 정신 병원에서 잘 지내고 있다는 사실을 어머니에게 알리기 위해 원래 그림의 초상화를 바꿔서 그린 것이다.

"……1890년 7월에 고흐는 권총으로 자살을 시도합니다. 가슴에

고흐가 그린 지누 부인(왼쪽)과 롤랭 부인(오른쪽)

권총을 쏘았는데, 곧장 죽지는 않고 이틀 동안 심하게 앓다가 동생 테오가 지켜보는 가운데 고통스러운 삶을 마감했습니다. 권총이 발견되지 않았고, 총상의 위치가 스스로 쏘기에는 애매하다는 이유 때문에 누군가에게 저격당한 것이 아닐까 하는 의문이 제기되기도 합니다."

어릴 때 크리스마스 시즌이 다가오면 TV에서는 어김없이 예수의 일생을 다룬 영화를 방영했다. 도현은 예수가 십자가에 매달려 고통스럽게 죽을 것이란 사실을 알면서도 영화를 보는 내내 다른 결말, 이를테면 예수가 사면을 받고 생을 이어 가는 쪽으로 이야기가 바뀌기를 바라고는 했다. 〈아를의 침실〉과 관련한 고흐의 삶을 들으면서

고흐의 자화상(왼쪽)과 미상의 여인(오른쪽)

아를의 침실 [Bedroom in Arles]
빈센트 반 고흐, 1889
캔버스 유화, 91×73cm
미국 시카고, 시카고 아트 인스티튜트

고흐의 자화상(왼쪽)과 그의 어머니(오른쪽)

아를의 침실 [Bedroom in Arles]
빈센트 반 고흐, 1889
캔버스 유화, 74x57.5cm
프랑스 파리, 오르세 미술관

도 같은 마음이었다. 내면의 불안과 세상의 조롱을 의연히 이겨 내고 아를의 뜨거운 햇살 아래서 평안을 누리며 그림을 그리면서 노년을 맞이하는 고흐의 여생을…….

도현의 상념을 깨고 남자의 목소리가 들려왔다.

"분위기를 바꾸어 볼까요? 이쪽을 보십시오."

남자가 뒤쪽, 그러니까 3편의 〈아를의 침실〉이 걸려 있는 맞은편 벽 쪽으로 다가가 스위치를 켰다. 천장에 매달린 핀 조명에 불이 들어오자 색감이 화려한 그림이 드러났다. 남자는 도현이 그림을 감상할 시간을 주려는 듯 침묵을 지켰다.

창문이 활짝 열린 어느 방 안을 묘사한 그림으로, 창문 너머로 해변을 따라 조성된 마을이 길게 뻗어 있고 검푸른 하늘과 바다가 펼쳐져 있었다. 다소 성의 없이 아무렇게나 그린 듯 보였지만, 한편으로는 경쾌함과 동심이 느껴지기도 했다.

남자가 말했다.

"라울 뒤피의 〈창이 열린 실내〉입니다. 뒤피는 우리나라에 그리 알려진 화가가 아니에요. 그림에 대해서 좀 안다고 하는 사람들도 그의 대표작이라고 할 수 있는 〈전기 요정(The Electricity Fairy)〉을 모르는 이가 많습니다."

도현은 어디선가 본 듯한 그림이라고 생각하면서도 라울 뒤피라는 이름은 생소했다.

창이 열린 실내 [Interior with open windows]
라울 뒤피, 1928
캔버스 유화, 82×66cm
프랑스 파리, 다니엘 말랭그 갤러리

"그림을 감상한 느낌이 어떻습니까?"

남자의 물음에 도현이 우물거렸다.

"글쎄요. 제가 그림에 식견이 없어서요."

"그냥 느끼신 대로 말씀하시면 됩니다."

"무언가 정교하게 그렸다기보다는 아무렇게나 그렸다는 느낌이 듭니다. 마치 어린 아이가 그린 것처럼."

남자가 미소를 지었다.

"그렇다면 제대로 보신 겁니다. 언뜻 보면 뒤피의 그림은 유치해 보이기까지 하는데, 실제로 많은 비평가들이 그렇게 평하고 있습니다. 그런데 자신의 그림 실력에 오만할 정도로 자부심을 가졌던 피카소가 이런 말을 했어요. '나는 10대 때 이미 라파엘로처럼 그렸다. 하지만 어린 아이와 같이 그리기 위해 평생을 노력했다.' 뒤피는 젊은 나이에 이미 그 경지에 도달한 것입니다."

경쾌하면서도 빠른 붓질, 단순한 형태와 색채가 뒤피 작품의 특징이라고 했다. 그의 그림들은 제목과 해설이 별다른 의미를 갖지 않는다. 그저 바라보고 있으면 설명하기 힘든 유쾌함에 젖어든다는 것, 그것이 뒤피의 그림이 갖는 힘이다.

20세기 초 유럽의 예술가들을 후원하고 그들의 작품을 수집했던 미국 작가 거트루트 스타인은 '뒤피는 즐거움이다(Dufy is pleasure)'라고 했는데, 그의 이 말은 뒤피의 작품이 갖는 특성을 아주 간단하고도 정확하게 표현한 것이라 할 수 있다. 뒤피 그 자신도 "슬픈 그림은 그려 본 적이 없다."고 말했다고 한다.

〈창이 열린 실내〉는 프랑스 남부의 휴양지 니스의 어느 집에서 바닷가를 내려다보는 풍경을 담은 것인데, 배경이 된 집이 실제로 존재하는지는 알 수 없다고 한다.

그림을 보면서 도현은 이 방에 들어서는 것만으로도 모든 근심과 고민이 사라질 것 같다는 생각을 했다. 어쩌면 그것이 뒤피가 의도한 바가 아닐까? 뒤피는 '이 방의 주인공은 바로 당신입니다'라며 그림을 감상하는 이를 초대하고 있는 듯했다. 요리사가 정성을 다한 음식으로 손님을 대접하듯, 뒤피는 어둠이라고는 찾아볼 수 없는 화려한 색감과 익살맞은 필치로 유쾌한 공간을 준비해 놓고 관람객을 그 속에 끌어들이고 있는 것이다.

"뒤피는 프랑스 북부 항구 도시 르아브르의 음악 애호가 집안에서 나고 자랐습니다. 그는 훗날 '나를 키운 것은 음악과 바다'라고 말했어요. 그래서 그런지 그의 그림을 보고 있으면 즐겁고 경쾌한 리듬이 떠오른다는 분이 제법 있더군요."

〈아를의 침실〉이 묘사하는 방이 '안식'을 떠올리게 하는 반면 〈창이 열린 실내〉의 방은 '휴양'의 이미지를 떠올리게 했다. 고흐에게 침실이 고달픈 삶을 잠시 멈추고 휴식을 취하는 공간이었다면, 뒤피에게 방은 인생의 즐거움을 이어 가는 연장선상에 있는 공간이었을

아를의 침실 창문을 열면 햇살이 쏟아질 거야

거라고 도현은 생각했다.

"뒤피는 야수파라는 유파에 속했는데, 야수파는 인간의 격정적인 감정을 원색적으로 표현하는 것이 특징이었습니다. 야수파 화가들은 특정 사물에 전통적으로 덧씌워진 색깔에 얽매이지 않고 표현하고 싶은 대로 색을 선택했습니다. 〈창이 열린 실내〉는 빨강, 파랑, 노랑의 삼원색만으로 그림 대부분을 표현하고 있어요. 그런데도 단순하거나 지루하지 않고, 오히려 신선함을 지속적으로 환기시켜 줍니다."

거기까지 말하고 나서 남자는 도현의 얼굴을 들여다보고 미소 지으며 덧붙였다.

"물론 보는 사람에 따라 느낌이 다르겠지만요."

도현은 남자의 평가와 해설에 동의한다는 뜻으로 오른손을 가슴에 얹고 고개를 끄덕여 보였다.

●

미술관 도슨트의 전략은 제대로 적중했다. 아마도 〈아를의 침실〉만 감상하고 집으로 돌아왔다면 도현은 다소 가라앉은 기분으로 잠을 청했을 것이다. 다행히 〈창이 열린 실내〉가 울적해질 뻔했던 그의 감성에 약간의 생기를 불어넣어 주었다.

그렇다고 고흐의 삶과 그림이 무조건 우울하거나 싫다는 뜻은 아니었다. 애초에 고흐는 이 속된 세상에 어울리지 않는 사람이었지만, 그의 삶을 불행했다고만 말할 수는 없었다. 최소한 그림을 그리는 그 순간만큼은 고흐는 가장 행복한 사람이었다. 그의 삶이 고통으로 점철되었다는 평가는 겉으로 두드러진 일생의 몇 가지 단면만을 부각시킨 오해일지도 모른다. 이상을 향한 걸음을 멈추지 않았던 고흐의 가공되지 않은 열정과 지난한 삶은 자꾸만 세상의 질서에 길들여져 가는 이들의 무뎌진 감각을 자극한다는 점에서 오래토록 기억될 만했다.

일상생활에 잘 적응하고, 직장에서 능력을 발휘해서 인정을 받고, 여러 사람과 두루 원만하게 잘 지낸다고 해서 고통과 불행이 찾아오지 않는 것은 아니다. 우리 모두는 한때 행복하고 한때 불행한 시간을 누리고 견디면서 삶을 이어 가고 있다. 그날 밤 도현은 무의미해 보이는 나의 이 시간 뒤에 무엇이 찾아올지 알 수 없지만, 다음에 찾아올 것을 겸허하게 기다려 보겠다고 마음먹었다. 그리고 아르바이트를 쉬는 토요일과 일요일에 방 안의 쓰레기를 싹 치우고 청소를 하겠다고, 그런 다음에 몇 개월째 닫혀 있는 창문을 열어 방 안을 햇살로 채우겠다고 자신과 약속했다.

Episode 2

작은 거리의
유쾌한 하루

블라디미르 마코프스키(Vladimir Egorovich Makovsky)
1846~1920, 러시아

이반 이바노비치 시시킨(Ivan Ivanovich Shishkin)
1832~1898, 러시아

요하네스 베르메르(Johannes Vermeer)
1632~1675, 네덜란드

피테르 브뤼헐(Pieter Bruegel the Elder)
1525(?)~1569, 벨기에

토요일 아침, 도현은 여느 날보다 조금 늦게 눈을 떴다. 오랜만에 숙면을 취하기는 했지만 간밤에 술을 마신 탓에 머리가 지끈거렸다.

전날 밤, 이종사촌인 창호가 연락도 없이 도현의 퇴근 시각에 맞추어 편의점으로 찾아왔다. 근처에서 회식을 하다가 문득 생각이 났다고 했다. 도현은 뜻밖의 술자리가 낯설었지만, 술이 몇 잔 들어가자 곧 어색함은 사라졌다. 물보다 피가 진하다더니, 그 말이 맞는 모양이었다.

도현과 창호는 어릴 때 같은 동네에서 살았다. 하지만 창호가 도현보다 7살 위여서 둘은 어릴 때도 함께 어울린 편이 아니었다. 도현이 10살 때 창호네가 다른 동네로 이사를 간 뒤로는 명절에 친지들이 모이는 자리에서 만나는 것이 전부였다. 얼굴을 대한 것도 4년 반전 도현의 어머니 장례식 때가 마지막이었다.

"안부 묻는 게 늦었네. 형수님은 잘 계시지?"

도현의 물음에 창호가 쓸쓸한 표정으로 말했다.

"결혼은 해도 후회, 안 해도 후회라더니, 난 안 하는 게 나을 뻔했어."

남이라면 모를까, 7살 어린 사촌 동생에게 할 말이 아니었다. 취중에도 계면쩍었던지 창호는 놀란 눈을 하고 있는 도현에게 쓸쓸하게 웃어 보였다. 도현은 더 묻지 않았다.

창호가 도현에게 연락을 하기 시작한 것이 약 2달 전이었다. 고향에 돌아오고도 한번 찾아오지 않느냐고 창호가 핀잔을 주었다. 지난 몇 년간 교류가 전혀 없었던 사이에 어울리는 대화가 아니었다. 그런데 그 뒤로도 창호는 가끔 도현에게 전화를 걸어 안부를 묻고는 했다. 도현은 기대하지 않았던 창호의 안부 전화와 뜻밖의 술자리 그리고 그의 쓸쓸한 넋두리가 연결되어 있다는 생각이 들었다. 단아하고 예쁜 아내와 잘살고 있는 줄 알았는데, 꼭 그렇지만은 않은 모양이었다.

도현이 기억하는 창호는 말수가 적고 나이답지 않게 의젓하며 바른 사람이었다. 자라는 동안 창호가 문제를 일으켰다는 이야기는 단

한 번도 듣지 못했다. 그래서 거리감이 느껴졌다. 그런데 도현이 대학에 입학한 그해에 졸업을 앞둔 창호는 다량의 수면제를 먹고 자신의 손목을 긋는 대형 사건을 터뜨렸다. 집안 어른들은 쉬쉬하는 분위기였지만 친지들 사이에 소문이 빠르게 퍼졌다. 얼핏 듣기로는 여자 문제라고 했다. 이후로 창호 소식은 거의 들을 수가 없었다. 그러다 느닷없이 서른에 결혼을 했다. 요즘 치고는 이른 결혼이었다. 결혼식 날 도현이 보기에 창호는 웃음이 헤펐다. 그게 6년 전 일이었다.

도현은 문득 '결혼'이라는 단어 앞에서 막막해졌다.

'나는 결혼이나 할 수 있으려나?'

벌써 10월 중순이었다. 새해가 오면 도현은 서른이었다. 고향 집에 발이 묶인 채 편의점에서 아르바이트나 하는 신세로 서른을 맞다니……. 가슴이 서늘해지고 걱정이 밀려왔다. 그는 상념을 털어 내기 위해 자리에서 일어나 머리를 세차게 흔들었다.

●

도현은 며칠 전 마음먹은 대로 방을 치우기 시작했다. 방문 쪽에 쌓아 놓은 일회용 용기부터 정리하고 방 여기저기에 흩어져 있는 빨랫감도 싹 걷어서 통에 담았다. 책을 책꽂이에 정돈하고 옷가지를 행거에 걸고 침대 위의 침구도 빨랫줄에 널어 탈탈 털었다. 오랜만에 창문을 활짝 열고 진공청소기를 돌린 뒤에는 밀걸레로 바닥을 깨끗이 닦았다. 청소를 하는 동안 잃어버린 줄 알았던 양말과 동전들이 숨바꼭질을 하다 걸린 아이들처럼 줄줄이 딸려 나왔다.

세탁물을 1층에 있는 세탁기에 넣고 나서 종류대로 분류한 재활용품과 쓰레기를 들고 집 밖으로 나섰다. 골목 어귀에 쓰레기를 모아 두는 곳에 재활용품과 쓰레기를 부리고 옥탑방으로 돌아왔을 때는 벌써 오후 2시가 가까워져 있었다.

세탁이 끝나기를 기다리면서 도현은 내내 창밖에 시선을 두었다. 검푸른 바다가 가을 햇살을 받아 반짝였다. 남도 끝자락의 이 소도시는 햇살이 풍부했다.

'아마도 고흐가 꿈꾸었던 일본이 이랬겠지?'

1층의 다용도실에서 세탁물을 챙긴 뒤 도현은 집 안을 둘러보았다. 사람이 머물지 않아서 그런지 을씨년스러웠다. 옥탑방을 갖기 전까지만 해도 공부하고 밥 먹고 TV를 보고 잠을 자던 공간이었건만 마치 남의 집에 함부로 들어온 것처럼 낯설게 느껴졌다. 어머니와 함께 잠을 자던 안방도, 어머니가 그림을 그리던 작업실 방도, 각종 잡동사니와 어머니의 그림을 보관하던 창고 방도 입술을 굳게 다문 피의자처럼 침묵을 지키고 있었다. 문득 도현은 어머니의 체취가 그리워져 어머니가 그림을 그리던 방의 문손잡이를 잡았다. 하지만 망설였다. 문을 열면 어머니의 혼령이 이젤 앞에 앉아 있을 것만 같아 두려웠다. 어머니는 왜 병을 키웠을까? 병에 걸린 걸 알았을 때 손을 썼다면 나을 수도 있었을 텐데. 도현은 내내 그게 궁금했다. 그는 결국 문을 열어 보지 못하고 돌아섰다.

세탁물을 챙겨들고 옥탑방으로 들어서자 갑자기 허기가 몰려왔다. 그러고 보니 하루 종일 아무것도 먹지 않았다. 평소 같았으면 유통 기한이 다한 도시락 세트나 삼각 김밥 등의 편의점 음식을 퇴근길에 챙겨와 다음 날 아침 겸 점심으로 때우고 편의점으로 향했다. 하지만 전날 밤에는 마땅한 게 없어서 빈손으로 퇴근했다. 구멍가게 바로 옆의, 칼국수와 김밥 따위를 파는 낡은 식당에 갈 수밖에 없었다.

기온이 떨어진 탓인지 항상 구멍가게 앞 평상에 진을 치고 있던 노인들은 보이지 않았다. 하지만 식당으로 들어선 순간 도현은 눈앞이 아득해지고 말았다. 노인들이 죄다 식당 테이블을 차지하고 앉아 있었다. 멋모르고 들어선 그는 자신에게 쏟아지는 노인들의 시선이 당황스러워서 도망치고 싶었다.

"여기 안쪽으로 들어와요."

식당 주인으로 보이는 여자가 말했다. 돌아설 수도 없는 상황이었다. 도현은 검문소를 지나는 간첩처럼 조심스럽게 걸음을 옮겨 맨 안쪽에 있는 테이블에 노인들을 등진 채 앉았다. 노인들이 앉아 있는 테이블에는 물이 담긴 컵 외에는 아무것도 놓여 있지 않았다. 추위를 피해 노인들이 식당 테이블을 무단 점거하고 있는 모양이었고, 마음씨 좋은 식당 주인이 그걸 허용한 것 같았다. 도현은 자신의 등에 쏟아지고 있을 눈길을 의식하지 않으려 했지만 불편해서 견딜 수가 없었다.

"물은 셀프. 뭐 드실 거예요?"

"칼국수 주세요."

입구에 놓인 정수기에서 물을 담아 자리로 돌아가는 동안 한 노파와 눈이 마주치고 말았다. 노파가 무어라 말을 걸려는 듯 입술을 달싹거리는 걸 보고 도현은 재빨리 외면하고는 자리로 돌아갔다.

노인들은 아무 말 없었다. 그저 하염없이 유리문 너머의 거리를 내다보고 있었다. 길고양이 한 마리 지나다니지 않는 텅 빈 거리에 시선을 놓은 채 미동도 하지 않았다. 도현은 한 순간 측은한 생각이 들었지만, 그 마음조차도 애써 외면했다.

"우리 정현이랑 같은 반이었지?"

식당 주인이 칼국수와 김치를 테이블에 내려놓으며 느닷없이 말을 걸었다. 도현은 아주 잠깐 그 말을 이해하지 못했다. 그제야 식당 이름이 생각났다. 현이네 분식! 제기랄, 주민 센터에 다니는 동창생 여자의 엄마였어!

가시방석이 따로 없었다. 국수가 입으로 들어가는지 코로 들어가는지도 몰랐다. 허겁지겁 그릇을 비우고 도망치듯 식당을 빠져

나왔다.

빨래를 널면서 도현은 자괴감에 괴로웠다. 왜 의연하게 대처하지 못했을까?

'아, 정현이 어머니세요?'

'딸이 공무원이 되어서 참 좋으시겠어요.'

'정현이는 결혼했죠?'

'칼국수가 정말 맛있네요.'

'잘 먹었습니다, 어머니. 또 들르겠습니다.'

뒤늦게 떠오른 말들이 냄비 뚜껑을 들썩이는 끓는 물의 수증기처럼 입 안에 맴돌았다.

아직 6시도 안 되었는데, 해가 기울고 있었다. 미풍에 흔들리는 빨래를 노을이 물들였다. 바다도, 바다 위로 고개를 내민 섬들도, 하늘도 노을빛에 잠겼다.

쓸쓸하다, 쓸쓸하다, 쓸쓸하다, 참 쓸쓸하다……

코끝이 찡했다. 어찌해 볼 틈도 없이 눈물 한 줄기가 콧방울을 간질였다.

●

편의점 일을 마치고 집으로 돌아갈 때면 미술관 쪽을 힐끔거리는 것이 도현의 버릇이 되었다. 불이 켜져 있을 때도 있었고, 아닐 때도 있었다. 도현은 미술관에서 불빛이 새어나오면 안도감을 느꼈다. 이 정물(靜物) 같은 거리에서 유일하게 살아 있는 것은 미술관뿐이었다. 그는 미술관으로 들어가 볼까 마음을 먹었다가도 번번이 그대로 지나쳤다. 명분이 없었다. 그 사이에 전시하는 그림이 바뀌지는 않았을 것이다. 도슨트 남자는 찾아온 관람객을 내버려 두지 않을 것이기에 다소 난처한 상황에 처할지 모른다는 걱정이 도현의 발길을 막았다.

그런데 어느 날부터 일주일째 미술관의 불이 켜지지 않았다. 처음 이틀 동안은 그저 서운한 마음이 들었을 뿐이다. 사흘째에는 은근히 부아가 치밀었다.

'언제든 찾아 달라더니……'

미술관 도슨트 남자의 성실하지 못한 태도에 화가 나기도 했다. 닷새째부터는 찾아오는 사람이 너무 없어서 문을 닫은 것은 아닌지 걱정이 되었다. 이레째 낮에는 구멍가게 앞에서 햇볕을 쬐는 노인들의 시선에도 아랑곳없이 손차양을 만들어 유리문 너머를 들여다보았다.

'떠났구나……'

조명이 꺼진 실내가 어두워서 분간하기 힘들었지만, 도현이 방문했던 그때의 모습이 아니었다. 유리문 너머의 가림막도 보이지 않았다. 서운함과 아쉬움이 진하게 밀려왔다. 자신이라도 자주 방문할 걸 그랬다는 후회가 들었다.

그날 밤 도현이 일을 마치고 동네의 거리에 들어섰을 때였다. 지난 일주일 동안 내내 깜빡거려서 시선을 어지럽히던 보안등이 탄탄한 불빛으로 거리를 밝히고 있었고, 그 맞은편 건물에서도 희미한 조명이 새어나오고 있었다. 반가운 나머지 한걸음에 달려갔다. 온기가 느껴지는 은은한 조명과 '영달동 미술관'이라는 유리문 너머의 글씨가 도현을 반겼다. 그는 한시라도 늑장을 부리면 미술관이 신기루처럼 사라져 버릴 것만 같은 조바심에 망설이지 않고 안으로 들어섰다. 미술관 남자가 의자에 앉아 벽면에 걸린 그림을 응시하다가 도현을 보고 일어섰다.

"오셨군요. 오랜만입니다."

도현은 그동안 가졌던 서운함과 걱정과 조바심과 후회가 한꺼번에 몰려왔다가 썰물처럼 빠져나가는 것을 느꼈다. 복잡한 감정이 일시에 물러난 자리에 고마움이 자리 잡았다. 그 흔한 카페 하나 없는 허름한 동네에 문을 열고 밤늦도록 관람객을 기다려 주는 곳이 있다는 사실에 감사했다.

도현은 문득 생각나는 일이 있어 남자에게 물었다.

"그런데 관람료는 받지 않나요?"

도현의 물음에 남자가 미소를 짓고는 턱짓으로 가림막 쪽을 가리켰다. 가림막 뒤편의 작은 테이블에 상자가 하나 놓여 있었다. 성의 껏 내라는 뜻이었다. 도현은 지갑을 열어 1,000원짜리 지폐를 꺼냈다가 민망한 생각이 들어서 한 장을 더 보태어 상자에 넣었다.

전에 〈아를의 침실〉이 있던 자리에 다른 그림이 걸려 있었다.

"러시아 화가인 블라디미르 마코프스키의 〈잼 만들기〉입니다. 모스크바에 있는 트레티야코프 미술관의 안내문에 있는 이 작품의 영어 제목은 'Making Preserves'예요. 프리저브는 과일을 설탕에 절인 것을 말하는데, 우리나라에서는 대체로 이 작품의 제목을 '잼 만들기'라고 해석합니다. 마코프스키의 작품 대부분은 러시아 민중의 삶을 묘사하고 있습니다. 평범해 보이는 사람들의 일상을 다루면서 많은 이야기를 담았어요. 때로는 풍자와 냉소가 드러나기도 하지만 결코 따뜻한 시선을 잃지는 않았습니다."

마코프스키는 부유한 상류층 집안에서 태어나 좋은 교육을 받고 일찌감치 명성을 얻었다. 그런 마코프스키가 가난한 민중의 삶을 이해하고 작품의 주제로 삼았다는 사실은 그가 휴머니즘을 지닌 사람이었음을 생각하게 했다.

도현이 그림을 감상할 시간을 주려는 듯 미술관 남자는 잠시 침묵을 지켰다. 도현은 이내 그림 속의 목가적인 풍경에 빠져들었다. 나무로 지은 작은 집, 넓은 마당을 둘러싼 낮은 울타리, 집을 감싸고 있는 나무들이 포근한 느낌을 주었다. 노안으로 시력이 흐려진 탓에

잼 만들기 [Making Preserves]
블라디미르 마코프스키, 1876
캔버스 유화, 49.5×34cm
러시아 모스크바, 트레티야코프 미술관

다소 불편하게 과일 꼭지를 따고 있는 노인과 곁에서 작은 화로 위의 냄비에 과일을 조리는 그의 아내에게서는 그들이 지나온 숱한 세월에 담긴 수많은 이야기가 들려오는 듯했다.

"마코프스키는 '이동파'라는 화가 그룹에 속했습니다. 네, 맞습니다. 어디로 이동한다고 할 때의 그 '이동'이에요. 마코프스키, 일리야 레핀 등의 화가들은 중산층과 농민이 공감할 만한 주제를 택해서 문외한도 알아보기 쉬운 사실적인 그림을 그렸어요. 이들은 1870년에 '이동전시협회'를 결성하고 대중을 위한 순회 전시회를 열었어요. 그래서 이들을 이동파라고 부르는 겁니다."

미술관 남자가 잠시 사이를 두고 말을 이었다.

"작품 속의 노부부는 겨우내 먹을 잼(프리저브)을 만들고 있습니다. 아직은 두 사람의 옷차림이 가벼워 보이지만, 곧 겨울이 닥칠 겁니다. 유난히 혹독하고 기나긴 겨울을 앞두고 있기에 러시아 민중은 따스한 햇살을 즐길 수 있는 시간이 얼마 남지 않았다는 사실을 잘 알고 있습니다. 그래서 부지런히 겨울을 준비하느라 잼을 만들 시기에는 다들 마음이 분주했을 겁니다. 하지만 그림 속의 노부부에게서 조급함이나 서두르는 기색이 느껴지지는 않습니다. 오면 오는 대로, 가면 가는 대로 자연의 순리에 모든 것을 맡기고 부부는 오후 한때의 여유로움을 만끽하는 중입니다."

도현의 머릿속에 어릴 때의 풍경 하나가 떠올랐다. 사촌들이 이 동네에 같이 살던 무렵 김장철이 다가오면 친지들은 마당이 넓은 도현의 집에서 함께 김장을 담갔다. 이른 나이에 과부가 되어 어린 아들을 홀로 키우는 어머니를 배려하는 마음이 담긴 연중 행사였다. 엄마들은 아침 일찍부터 분주하게 움직였고, 아이들은 엄마들 주변을 뛰놀았다. 저녁에는 퇴근한 아빠들이 하나둘 모여들었다. 수육에 겉절이가 오른 저녁상이 풍성했다. 다시는 오지 않을 시절이었다. 도현은 그 아득한 시간으로 달려가고 싶은 마음이 간절했다.

"그림은 눈으로 보는 것으로 끝나지 않습니다. 그림에서 느껴지는 소리와 촉감이 있어요. 저는 이 그림에서 향기를 느낍니다. 상쾌한 나무와 풀 냄새, 과일 잼이 익어 가면서 풍기는 달콤한 향기 그리고 누구나 기억하는 할머니와 할아버지의 정겨운 체취까지……."

노부부 두 사람뿐인데도 노인은 조끼에 넥타이까지 갖추고 있었다. 아내도 머릿수건과 앞치마를 정갈하게 차려입었다. 서로에게 예의를 갖춘 것일까? 어쩌면 잼을 만드는 행위가 그들에게는 하나의 신성한 의식일지도 몰랐다. 나무로 만든 작은 집을 가졌을 뿐이지만, 부부는 온 세상을 마당으로 삼고 있었다. 그리고 무엇보다도 함께 늙어 가며 추억을 나누고 다가올 겨울을 서로 의지하며 지낼 사람이 곁에 있었다. 도현은 그림 속의 부부를 보면서 아름다움을 느꼈다. 인간의 아름다움이란 겉으로 꾸며서 드러내는 것이 아니라 그 사람의 내면 깊은 곳에서 저절로 우러나는 것임을 새삼 깨달았다.

　　　　　　　　　●

"그럼 이번에는 러시아의 겨울 속으로 한번 가 볼까요?"

그렇게 말하고 나서 미술관 남자가 가림막 맞은편의 조명을 켰다. 눈이 수북이 쌓인 겨울 숲을 찍은 사진이 나타났다. 도현은 '미술관에서 사진을 전시하기도 하는구나.'라고 생각했다.

"러시아 화가 이반 이바노비치 시시킨의 작품 〈겨울〉입니다."

도현은 의아한 생각이 들어 남자에게 물었다.

"저게 그림이라고요?"

도현의 말에 남자가 웃음을 지었다.

"가끔 이 그림을 보고 사진이 아니냐고 묻는 분들이 계시더군요. 하지만 분명 그림입니다."

도현은 가까이 다가가서 살펴보았다. 아닌 게 아니라 분명 붓질의 흔적이 있었다.

"시시킨은 러시아의 광활한 대지와 자연을 가장 잘 표현한 화가입니다. 그의 그림에서 주인공은 항상 자연이었습니다. 인간에게는 배역이 주어지지 않거나, 등장하더라도 단역에 지나지 않습니다. 〈겨울〉을 보면서 이 그림도 함께 감상하십시오."

남자가 가림막 왼쪽 벽의 조명을 켰다. 우산을 쓴 채 숲길을 걸어가는 사람들을 그린 그림이 보였다. 아니다. 시시킨의 관점에서 보자

겨울 [Winter]
이반 이바노비치 시시킨, 1890
캔버스 유화, 204×125.5cm
러시아 상트페테르부르크, 러시아 미술관

면, 사람들에게 길을 내준 숲을 그렸다고 표현하는 것이 옳았다.

"역시 시시킨의 그림 〈비 내리는 오크 숲〉입니다."

안개가 낀 듯 흐려 보이는 숲의 저 깊은 곳과 우산을 쓴 남녀, 숲길에 고인 물, 젖은 땅, 몸을 씻은 듯 선명하게 푸름을 자랑하는 나뭇잎이 축축한 기운과 비를 연상시켰다.

"조금 전에 제가 시시킨의 그림에서는 인간의 역할이 미미하다고 설명했는데, 그렇다고 그가 그린 자연이 인간과 동떨어진 것은 아니었습니다. 그의 그림 속에서 자연은 인간을 포함한 수많은 생명을 품은 따뜻한 공간이죠. 어떻습니까? 〈겨울〉의 눈이 차가워 보이나요?"

남자의 물음에 도현은 생각에 잠겼다가 답했다.

"침묵과 고요에 잠긴 평온함이 느껴집니다. 숲과 온 대지가 눈이라는 솜이불을 덮고 쉬고 있다는 느낌이 들어요. 그리고 나무들은 마치 따뜻한 벽난로 곁에 선 크리스마스트리를 떠올리게 하네요."

도현의 대답이 꽤 흡족한 듯 남자가 미소를 지은 채 고개를 끄덕였다.

시시킨의 삶은 네덜란드의 위대한 화가 렘브란트의 삶과 여러모로 닮은 점이 많다고 했다. 부유한 가정에서 태어났지만 부모가 원하는 삶을 거부하고 화가의 길로 들어선 것이나 젊은 나이에 최고의 반열에 오른 점, 두 아내와 사별했다는 사실과 자식을 먼저 떠나보

비 내리는 오크 숲 [Rain in an Oak Forest]
이반 이바노비치 시시킨, 1891
캔버스 유화, 203×124cm
러시아 모스크바, 트레티야코프 미술관

낸 불우한 인생 등이 그러했다. 그리고 두 사람 다 60대 중반에 죽음을 맞았다.

"남편으로서, 아버지로서 형언할 수 없는 슬픔을 가슴에 묻고 살았던 시시킨은 어느 겨울 자신의 눈에 포착된 풍경을 담담히 그렸습니다. 숲속 깊은 곳에 드리운 짙은 어둠, 세월을 이기지 못하고 쓰러진 나무를 닮은 인생의 굴곡은 밤새 내린 눈이 다 덮어 버렸습니다. 그가 그린 하얀 눈은 자신의 삶을 위로하고 이제 새로운 발자국을 남길 수 있는 희망을 상징합니다."

〈겨울〉을 감상하는 동안 도현은 불현듯 동네 구멍가게 앞 평상에 모여 햇볕을 쬐는 노인들을 떠올렸다. 이제 추위가 더 심해지면 바깥출입이 어려울 노인들을 염려하는 마음 때문이기도 했고, 그들이 머물러 있는 인생의 단계와 길고 추운 겨울이 중첩된 까닭이기도 했다.

초등학교 동창인 정현과 주민 센터에서 오랜만에 마주쳤을 때 도현이 제대로 응했더라면 그렇게 관계가 꼬이지는 않았을 것이다. 동네 노인들도 마찬가지였다. 거리에서 처음 마주쳤을 때 무언가 말을 걸려는 그들의 눈길과 몸짓을 외면하지 않았더라면, 거리를 지날 때마다 도망치듯 걸음을 재게 놀리지 않아도 되었을 것이다. 무엇이 그를 불편하게 만들었던가. 그것은 죄의식이었다. 집을 떠나 다른 도시에서 대학에 다니는 동안 집에 홀로 남겨진 어머니를 잊고 지낸 시간이 길었던 만큼 도현은 고향 집과 동네의 거리와 그 거리를 지키는 노인들 앞에서 떳떳할 수 없었다. 그 미안하고 죄스러운 마음을 도현은 고향의 낡고 오래된 존재들 탓으로 돌렸다. 진즉에 알고 있었지만 애써 숨기려 했던 그 마음이 〈잼 만들기〉와 〈겨울〉을 감상하는 동안 불쑥 고개를 내밀어 도현의 가슴을 콕콕 찔렀다. 하지만 괴롭지는 않았다. 실컷 야단을 맞고 난 뒤에 찾아오는 청량감 같은 것이 느껴졌다.

"개인의 감성을 걷어 내고 현실의 모습 그대로를 화폭에 담는 미술 사조를 사실주의라고 합니다. 〈잼 만들기〉를 그린 마코프스키를 비롯한 이동파 화가들의 작품에서 사실주의가 두드러졌죠. 그들은 오랜 기간 황제와 귀족의 압제에 시달린 러시아 민중의 삶을 가감 없이 표현하고 고발했습니다. 시시킨 역시 사실주의 화파로 분류되지만, 그는 한걸음 더 나아가 민중의 삶을 위로합니다. 모든 생의 근원이자 어머니인 대자연으로 초대해 생명의 위대함을 일깨우고 희망을 건넵니다."

도현은 생각했다. 이동파 화가들의 순회 전시회에서 그림을 마주한 러시아 민중들의 마음이 어땠을까? 회화가 귀족을 비롯한 상류층의 전유물이었던 시절, 그들은 자신들의 소소한 일상이 예술 작품의 소재와 주제가 될 수 있다는 사실에 감회가 새로웠을 것이다. 압제자들에 의해 벌레 취급을 받으며 노예와도 같은 삶을 살았던 민중과

농노들은 이동파 화가들에 의해 포착된 자신들의 일상을 목격하면서 삶의 숭고함을 깨닫고 자존감을 회복했을 것이다. 그리고 자신들이 황제의 궁전이나 귀족의 저택은 비교조차 할 수 없는 위대한 대자연을 삶의 공간으로 누리고 있다는 사실에 적잖은 위로를 받았을 것이다. 1905년 상트페테르부르크 노동자들의 평화 시위로 촉발된 러시아 혁명의 배경에는 민중을 일깨우고자 했던 수많은 예술가들의 노력이 큰 몫을 차지했을 것이다.

생각에 잠긴 채 〈겨울〉을 바라보고 있는 도현에게 미술관 남자가 다가서며 조심스럽게 말했다.

"그런데 혹시 우리가 전에 만난 적이 있던가요?"

도현이 고개를 돌려 남자를 바라보았다. 미술관 남자는 괜한 것을 묻는 게 겸연쩍은 듯 엷은 미소를 띠었다. 도현도 남자를 처음 보았을 때 어딘지 낯이 익다는 생각을 했다. 그래서 기억을 더듬어 보았지만, 과거의 어떤 장면에서도 남자는 등장하지 않았다.

도현이 대답했다.

"사실은 저도 같은 느낌을 받았습니다. 처음 뵈었을 때 낯이 익다는 생각을 했습니다."

도슨트 남자는 입술을 모으고 골똘히 생각하다가 입을 열었다.

"그런 경우가 있죠. 처음 만났는데 왠지 오래전부터 알고 지낸 것 같은……."

도현과 남자가 마주 보고 웃었다.

●

미술관을 나선 도현은 걸음을 옮기다가 구멍가게와 그 옆의 식당 쪽으로 눈길을 주었다. 두 곳 모두 불이 꺼져 있었다. 그는 평상으로 다가가 엉덩이를 대었다. 한기가 온몸을 훑고 지나갔다. 조금 전까지만 해도 멀쩡하던 보안등은 다시 깜빡거리기 시작했고, 거리는 텅 비어 있었다. 그가 아르바이트를 하는 편의점이 위치한 유흥가가 한창 흥청거릴 시각이었다. 화려한 네온사인이 반짝이고 사람들의 흥이 들끓는 곳에 있다가 고향 집이 있는 영달동 거리에 들어서면 세상은 완전히 딴판으로 변했고, 갑작스러운 적막과 마주할 때마다 우울해졌다. 서른이 코앞인데, 마땅한 길을 찾지 못하고 있다는 사실을 생각하면 더욱 울적했다. 평생 이 동네에 갇혀 지낼지도 모른다는 사실이 두려웠다.

"나는 지금 겨울을 지나고 있다."

도현이 고개를 숙인 채 낮게 읊조렸다.

"오랫동안 봄을 기다리고 있지만…… 이 겨울도 내게는 의미가 있을 거야."

잠깐 틈을 두어 다시 입을 열었다.

"먼 훗날 나는 지금의 이 한때를 그리워할지도 몰라."

무기력하고 의미 없어 보이는 이 시간을 먼 훗날의 자신이 돌이켜 보며 추억할 거라는 생각을 하자, 도현은 가슴 한 곳이 찌르르 아팠다. 지난 6개월간 자신의 처지를 비관하며 하루하루를 허투루 보냈다는 사실이 안타까웠다. 그는 최면을 걸듯 다시 자신에게 말을 걸었다.

"나를 사랑하자. 나를 둘러싼 모든 것에 감사하자."

도현은 평상을 손으로 쓰다듬으며 동네의 노인들을 생각했다. 멈추어 버린 듯 보이는 그들의 현재와 멍한 눈길을 엿보면서 지난날의 젊음과 열정을 상상하기란 힘든 일이었다. 하지만 소복이 내려앉은 눈 아래에 수많은 생명의 발자취가 새겨져 있고 숱한 생명이 다시 깨어날 날을 기다리며 꿈틀거리고 있듯 그들의 삶에도 세월이라는 더께 아래에 수많은 사건과 기억과 인연과 사랑이 묻혀 있을 것이다. 지금 비록 낡고 퇴색한 육신에 머물러 있을지언정 그들의 삶은 그 어떤 화가도 한 번에 다 담아 내지 못할 하나의 위대한 작품이었다.

도현은 앞으로 노인들을 지나칠 때면 가볍게 눈인사라도 건네겠다고 마음먹었다. 지난 6개월 동안 굳어진 어색한 관계를 쉽게 바꿀 순 없겠지만, 내가 먼저 다가가자고 다짐했다.

집으로 향하는 도현의 머리 위에 뜬 달이 유난히 밝았다.

갑작스러운 한파로 전국이 얼어붙었다. 아직 11월이 멀었는데 기온이 영하로 떨어지는 이상 기후가 이어졌다. 영동 산간 지방에는 폭설이 내렸다고 했다. 비교적 따뜻한 도현의 고향도 연일 영하의 날씨를 오락가락했다.

구멍가게 앞 평상은 며칠째 비어 있었다. 도현은 편의점으로 출근하는 길에 일부러 길 건너편으로 걸어서 현이네 분식 안을 슬그머니 들여다보았지만 그곳에서도 노인들의 모습은 보이지 않았다. 갑자기 닥친 추위로 다들 집에 틀어박힌 모양이었다.

10월의 마지막 날이 되어서야 날씨가 풀렸다. 언제 그랬냐는 듯 늦가을 햇살이 이마를 간질였다. 거리에 나서자 평상에 모여 있는 노인들이 보였다. 겨울이 되기 전에 한 줌의 햇살이라도 더 즐기려는 듯 여느 때보다 인원이 많았다. 그들을 지날 때면 항상 시선을 땅바닥에 두었던 도현은 일부러 노인들 쪽을 쳐다보았다. 할머니 한 사람과 눈이 마주쳤지만, 무덤덤하고 멍한 눈길로 도현을 바라보다가 이내 눈길을 거두었다. 지난 6개월 사이 노인들에게 도현은 그저 오후 2시경이면 자기들 앞을 규칙적으로 지나가는 사물로만 인식된 것 같았다. 도현 쪽에서 먼저 알은 체를 하기도 난감해서 그는 다음을 기약하고 걸음을 옮겼다.

거리를 거의 벗어날 즈음 정현과 마주쳤다. 정현은 도현을 보고 한 순간 멈칫하더니 곧장 시선을 멀리 둔 채 서둘러 그를 지나쳤다. 그 짧은 시간에 도현의 머릿속은 온갖 생각들로 복잡했다.

'어머니께 칼국수가 참 맛있었다고 전해 줄래요?'

이런 식으로 말을 걸면 시작이 괜찮은 걸까? 그런 따위의 생각을 하는 사이에 정현은 이미 멀어져 갔다. 정현과의 관계 역시 다음을 기약할 수밖에 없었다.

편의점에서 일하는 동안 창호로부터 전화가 왔다. 특별한 용건이 있는 것은 아니었다. 지난 며칠 동안 꽤 추웠는데 별 탈 없느냐는 안부 전화였다. 사람이 나이가 들면 가족을 챙기게 된다더니, 그런 걸까? 그런 거라고 생각하기에는 도현과 창호 사이에 '가족'이라는 유대감이 그리 강하다고 할 수는 없었다. 지난 몇 개월 동안 창호는 도현에게 부쩍 다가섰다. 반면에 도현은 창호의 달라진 태도가 아직은 낯설었다. 그래도 도현은 다음에는 자신이 먼저 안부 전화를 해야겠다고 생각했다.

그날 밤 일을 마치고 집으로 돌아가던 도현은 미술관 앞에서 걸음을 멈추었다. 불이 켜져 있었다. 그는 이제 어느 정도 미술관의 운영 패턴에 익숙해졌다. 꼼꼼하게 확인해 보지는 않았지만, 낮에 문을 여는 경우는 거의 없었다. 밤에만 비정기적으로 운영했다. 이런 식으로 운영하는 미술관이 있다는 이야기는 들어 보지 못했지만, 도현이 비교적 편하게 그림을 감상할 수 있는 밤까지 미술관이 문을 연다는 사실은 다행스럽고 고마운 일이었다.

도현은 미술관 문을 열고 고개를 들이밀었다. 만약 그림이 바뀌지 않았다면 그대로 돌아설 생각이었다. 그런데 미술관 안에는 전혀 뜻밖의 상황이 펼쳐져 있었다. 10명이 넘는 관람객이 의자에 앉아 도슨트 남자의 설명을 듣고 있었다. 밤 11시가 가까운 시각에 단체 관람이라니! 도현은 얼이 빠진 채 안으로 들어섰다. 미술관 남자가 어둠 속에서 그를 발견하고는 눈인사를 건넸다. 그 바람에 실내에 있던 사람들의 눈길이 일제히 도현에게 쏠렸다. 도현은 분위기를 해친 것 같아 미안한 생각이 들었다.

"자, 여기를 주목해 주십시오."

미술관 남자의 말에 관람객들은 모두 정면을 향했다. 앞서 〈잼 만들기〉가 있던 자리에 다른 그림이 걸려 있었다. 유럽의 어느 주택가를 그린 그림으로, 아낙 두 사람이 무언가를 하고 있었고, 그들 사이에서 남녀 어린이 두 명이 바닥에 엎드린 채 놀고 있었다.

"르네상스 이후 유럽의 각 나라들은 예술 아카데미를 설립하여 국가의 주도로 회화의 기준을 마련했습니다. 특히 소재에 있어서 엄격한 기준을 적용했어요. 이 기준에 따르면 역사와 신화, 종교를 다룬 그림에 가장 높은 가치를 부여했고, 그 다음에는 역사적 인물과 귀족의 모습을 담은 초상화가 위치했습니다. 정물화와 풍경화에는 보다

낮은 가치를 매겼습니다. 그리고 여기에도 속하지 못하는 소재를 다룬 그림들은 그저 '장르화'라고 지칭하고 저급하게 취급했습니다."

미술관 남자의 말에 의하면 지금 도현과 관람객들이 보고 있는 그림은 장르화에 속했다. 앞서 도현이 감상했던 〈잼 만들기〉와 〈아를의 침실〉 역시 같은 범주였다.

"하지만 해상 무역을 통해 부를 축적한 시민 계급, 즉 부르주아가 국가 운영을 주도했던 네덜란드는 다른 유럽 국가들과는 달리 현실적인 기조가 강했습니다. 종교에 얽매이지 않았고 신화와 역사에도 큰 점수를 주지 않았어요. 현재의 삶을 중시했죠. 네덜란드 화가들은 주변에서 쉽게 접할 수 있는 풍경과 정물을 그렸습니다. 서양 미술에서 평범한 아이들을 다루는 그림이 나타나기 시작한 것이 바로 이때의 네덜란드에서였어요. 뿐만 아니라 모든 것을 다 잘 그려야 진정한 화가로 대접 받던 시대에 꽃이나 하늘, 동물만 전문으로 그리는 화가가 등장했습니다. 이들은 분업을 통해 완성도 높은 작품을 만들기도 했습니다."

도현은 또 한 명의 네덜란드 화가 고흐를 떠올렸다. 소박하고 친근한 인물과 풍경을 다룬 고흐의 화풍은 네덜란드의 자유로운 분위기를 계승한 것이라는 생각이 들었다.

하지만 도현은 이 늦은 시각에 미술관을 채우고 있는 사람들의 정체가 궁금해서 그림에 집중할 수 없었다. 그는 어둠을 짚으며 관람객 한 사람 한 사람의 얼굴을 살펴보았다. 어딘지 모르게 낯이 익었으나 분명 처음 보는 사람들이었다. 게다가 그들의 옷차림이 참으로 생경했다. 이 일대가 다른 지역에 비해 낙후되었다고는 해도 입성이 너무 남루했다. 주변의 일터에서 망치질을 하다가, 또는 집에서 밥을 짓고 빨래를 하다가 부랴부랴 모여든 것처럼 보인 것은 물론이고, 마치 우리나라의 80~90년대를 배경으로 하는 연극 무대의 배우들이 연극 의상을 입은 채 곧장 미술관으로 온 것은 아닐까 하는 생각마저 들었다. 말하자면, 러시아 이동파 화가들이 순회 전시회를 열었을 때 그림을 보러 온 러시아 민중들 같다고나 할까? 도현은 미술관의 상황이 하나의 연극 무대 같다는 생각을 했다.

"자, 이제 그림을 보십시오. 이 그림은 네덜란드 화가 요하네스 베르메르의 〈작은 거리〉입니다. 이 그림은 '델프트 주택가의 풍경'이라는 이름으로 불리기도 하는데 영어로는 'The Little Street'라는 제목으로 더 많이 알려져 있습니다. 베르메르가 그린 그림 가운데 우리나라에서는 〈진주 귀고리를 한 소녀〉가 가장 유명할 거예요."

〈진주 귀고리를 한 소녀〉는 도현도 아는 작품이었다. 그제야 그는 벽에 걸린 그림을 유심히 살펴보았다. 도슨트 남자의 말이 이어졌다.

"지금은 위대한 화가의 반열에 올랐지만 생전의 베르메르는 전업 화가가 아니었습니다. 생계를 위해 여관을 운영했어요. 화가 조합(길

작은 거리 [The Little Street]
요하네스 베르메르, 1660
캔버스 유화, 44×54.3cm
네덜란드 암스테르담, 라익스 박물관

드)에 소속되어 있었지만 다른 화가들에 비해 턱없이 적은 삼십여 편의 작품만을 남긴 것을 보면, 그림에 전념할 만큼 생활이 넉넉하지는 않았을 것으로 추정합니다. 초기에 그린 종교화 몇 점을 제외하고는 주변에서 흔히 접할 수 있는 장면을 그림에 담았습니다. 당시 네덜란드 회화계의 분위기도 한몫했겠지만, 아마도 베르메르가 다른 사람들의 주문을 받아서 초상화를 그리거나 풍경이 뛰어난 곳을 찾아다닐 만한 형편이 아니어서 그랬을 겁니다."

베르메르는 마치 일부러 그런 것처럼 장르화를 고집했다. 풍경화는 단 1편인데, 그마저도 그가 나고 자랐으며 눈을 감은 고향 델프트를 담은 것이었다. 베르메르의 시선은 별로 주목할 것도 없는 주변의 흔한 풍경과 소소한 일상으로 향했다. 그리고 그 가벼운 삶의 한 단면에서 누구나 공감할 만한 아름다움을 포착했다.

"이 그림에는 네 명의 인물이 등장합니다. 오른쪽 건물 안의 바느질하는 부인과 무언가에 열중하며 놀고 있는 어린이 두 명, 그리고 옆집과 연결된 골목에서 하녀인 듯한 여인이 빗자루를 세워 두고 일을 하고 있어요. 저 어린이들이 바느질하는 부인의 아이들인지는 알 수 없습니다. 하지만 저 아이들이 누구의 자식인지는 크게 중요하지 않아요. 네덜란드에는 당시 유럽의 다른 나라에서는 찾아보기 힘든 그들만의 독특한 공동체 문화가 있었으니까요."

유럽의 다른 나라 사람들이 생계를 위해 온 가족이 농사와 목축 등의 일에 매달렸던 것과 달리 17세기에 황금시대를 구가했던 네덜란드의 가장들은 상업과 무역에 종사하는 비율이 높았다. 자연히 네덜란드 남자들은 무역을 위해 먼 곳으로 떠나거나 직장에 다녔기 때문에 가정에서는 아버지가 부재할 수밖에 없었다. 가정을 돌보고 아이들을 기르는 것은 여자들의 몫이었다. 가정에서 여성의 권위가 상대적으로 높았고 아이들과도 친밀했다. 당시 네덜란드를 방문했던 외국인 여행자의 기록을 보면 '어른들은 아이들에게 관대하고 많은 키스와 포옹을 해 주고 있다.'라고 적고 있다. 그 여행자의 눈에 네덜란드 가족 공동체의 모습이 남다르게 다가왔던 것이다. 일부 역사가들은 당시에는 유아 사망률이 높아서 유럽의 부모들이 무의식적으로 자녀들과 거리를 두었고, 그래서 가족 구성원의 친밀도가 낮았다는 가설을 내놓았다. 부모들이 아이들에게 일부러 정을 주지 않았다는 뜻이다. 반면에 네덜란드에서는 부모, 특히 어머니가 아이들을 돌보는 것이 지극히 당연한 일이었고, 아이들은 어른들의 보호 속에 자랐다. 베르메르의 〈작은 거리〉에는 당시 네덜란드의 생활상이 고스란히 담겨 있다. 400년 전 인류 최초로 귀족이 아닌 시민들이 주도하는 국가를 만들었던 네덜란드 역사의 한 단면을 이 그림이 대변하고 있는 것이다.

"베르메르의 그림을 이야기할 때 빼놓을 수 없는 것이 빛입니다. 그의 그림들은 하나같이 왼쪽 위에서 빛이 내려옵니다. 그 빛은 캔버스 안의 인물과 사물을 따스하게 감쌉니다. 그리고 그의 작품들은 대체로 크기가 작습니다. 〈작은 거리〉역시 가로세로 크기가 사십사 센티미터와 오십사 센티미터에 불과합니다. 하지만 길에서 볼 수 있는 세로 선과 골목 깊숙이 들어가 있는 하녀의 위치 때문에 이 그림은 실제 크기에 상관없이 공간이 확대됩니다. 비록 캔버스의 크기는 제한되어 있지만 얼마든지 그 안에 무한한 공간을 표현할 수 있고 또 우리의 소소한 일상이 결코 왜소하지 않음을 보여 주고 있습니다. 어쩌면 〈작은 거리〉라는 제목은 우리의 일상 속에 숨겨진 무한대의 의미를 반어적으로 표현한 것인지도 모릅니다.”

도현이 어렸던 시절, 동네의 거리와 골목이 아이들에게는 가장 큰 세상이었다. 그곳은 아이들의 놀이터였고 인간관계를 배우는 학교였으며 의식하지 못한 사이에 수많은 이야기와 추억을 만들어 가는 기억의 창고였다. 그때 어른들은 어땠는가? 아이들이 조금만 위험한 장난을 치면 어김없이 어른들의 호통이 날아들었다. 자기 집 근처에 아이들이 모여 있을 때는 한 번씩 밖을 내다보며 아이들을 감시하고 살폈던 것도 내 곁에 있는 아이는 내가 챙긴다는 사회적 본능에서 비롯된 행동이었다. 도현 역시 아이들로서는 귀찮기 그지없었던 동네 어른들의 간섭과 호통 속에서 자랐다. 그렇게 온 동네가 아이들을 함께 키웠다. 지금은 을씨년스럽고 공허하게 느껴지기만 하는 이 동네의 거리와 골목이 도현을 키웠던 것이다. 그때의 아이들 웃음소리, 자기 아이를 찾는 엄마들의 목소리, 저녁나절에 퇴근하는 아버지를 발견하고 뛰어가던 아이들의 달음질을 이 거리는 기억하고 있었다.

●

도현이 생각에 잠겨 있는 사이 미술관 남자의 설명이 다른 그림으로 옮겨 갔다.

"이 그림은 어떤 장면을 표현한 건가요?"

도슨트 남자의 질문에 한 여성 관람객이 대답했다.

"동네잔치를 하고 있네요."

"네, 맞습니다. 이 마을에 결혼식이 있었고, 피로연에 참석한 이웃들이 맥주와 가벼운 음식을 나누어 먹는 중입니다. 이 그림은 피테르 브뤼헐이라는 화가의 〈농가의 결혼식〉이라는 작품입니다."

도현은 잠시 상념을 접고 그림에 집중했다. 그림 속 인물들의 표정이 익살스럽고 정감 있었다. 어릴 때 명절이나 특별한 날에 친지들이 모이면 어른들은 와자하게 떠들어 댔고, 아이들은 아이들대로 들뜬 분위기에 휩싸여 신이 났다. 하지만 철이 든 이후로는 그런 자리에 참석해 본 적이 없었다. 요즘에는 핵가족화가 급속도로 진행되고 가족 간의 공동체 의식이 약해진 탓에 어느 집에서도 그런 분위

농가의 결혼식 [The Peasant Wedding]
피테르 브뤼헐, 1568
패널 유화, 163×114cm
오스트리아 비엔나, 미술사 박물관

기를 경험하기 힘들었다.

"브뤼헐은 플랑드르에서 태어났습니다. 플랑드르는 오늘날의 프랑스와 벨기에, 네덜란드에 걸쳐 있던 지역입니다. 브뤼헐을 소개하는 정보를 보면 그가 벨기에에서 태어나 네덜란드에서 죽었다고 설명하고 있는데, 그 이유는 그가 태어나고 죽은 곳이 오늘날에는 각각 벨기에와 네덜란드에 편입되었기 때문입니다. 혹시 〈플랜더스의 개〉라는 애니메이션을 본 적 있는지 모르겠습니다. 여기서 말하는 플랜더스가 바로 플랑드르입니다."

플랑드르에 대해서라면 도현도 제법 아는 바가 있었다. 바다 건너편의 영국과 유럽을 잇는 교역 요충지로서 일찍이 산업이 발달했고, 여러 민족이 어울려 살면서 독특한 문화를 형성했으며, 때문에 유럽 중세 역사에서 꽤 중요한 위치를 차지했다.

"브뤼헐이 태어난 무렵 유럽은 종교 개혁으로 들끓었습니다. 종교 개혁은 오랫동안 유럽을 사상적·정치적으로 지배했던 로마 가톨릭교회에 반기를 든 운동이었어요. 이 일로 기독교가 가톨릭(천주교)과 프로테스탄트(개신교)로 갈라지게 되죠. 플랑드르는 종교 개혁을 반대하는 가톨릭에 속했지만, 가톨릭교회의 절대적인 권위에 저항하는 움직임도 강했습니다. 산업 발달과 더불어 시민 계급이 일찍 등장했다는 사실이 이 지역의 그러한 경향을 부추겼습니다. 예술가들 역시 신을 찬양하는 주제에서 벗어나 민중의 일상에 초점을 맞

피테르 브뤼헐의 큰아들인 소(小) 브뤼헐이 아버지의 작품인 〈농가의 결혼식〉을 새롭게 해석하여 그린 작품

추었어요. 그 대표적인 화가가 브뤼헐인데, 그는 특히 '농민 화가'라는 별명이 붙을 정도로 농민의 삶에 주목했습니다. 간혹 성경의 장면을 캔버스에 담더라도 그 배경에는 반드시 농민들이 등장했어요. 그리고 브뤼헐의 그림이 갖는 또 하나의 특징은 주인공이 도드라지지 않는다는 점입니다. 우리의 삶과 이 세상의 주인은 바로 우리 자신이며, 모든 사람이 저마다 중요한 역할을 맡고 있다는 점을 보여주고자 했어요."

도현이 보기에도 그랬다. 〈농가의 결혼식〉에서 딱히 중심인물이라고 내세울 만한 존재를 찾을 수가 없었다. 피로연에 참석한 모두가 자기만의 개성을 가진 주인공으로 보였다. 이미 피로연장이 사람들로 꽉 차 있는데도 입구 쪽에는 수많은 사람들이 어떻게든 잔치에 참석하려고 밀고 들어오고 있었다. 재미있는 사실은 문짝을 떼어 내 급하게 만든 들것으로 음식을 나르고 빈 통에 맥주를 따르는 사람들이 모두 남성이라는 점이다. 우리나라에도 제사 음식에 여자가 손을 대면 부정이 탄다는 악습이 있었는데 그런 것일까? 아니면 당시의 여느 지역과 달리 플랑드르에서는 여성의 지위가 높았던 것일까? 그것도 아니라면 화가가 여성이 대접받고 남성이 봉사하는 평화로운 세계를 꿈꾸었던 것인지도 몰랐다. 차린 음식이라고는 죽처럼 보이는 음식과 빵, 맥주뿐이지만 불평하는 사람이 없어 보였다. 그림을 들여다보는 도현의 입가에 미소가 잡혔다.

미술관 남자가 관람객을 향해 말했다.

"신부가 어디 있나요?"

아주 잠깐 침묵이 흐른 뒤에 누군가가 말했다.

"초록색 장막 앞에 앉은 여자 아닌가요?"

"맞습니다. 그럼 이번에는 신랑을 찾아보십시오."

빈 통에 맥주를 따르는 남자, 신부 맞은편의 검은 옷을 입은 남자, 들것에 날라 온 음식을 식탁으로 옮기는 남자 등등 여러 가지 대답이 나왔다. 그들의 대답에 귀를 기울이던 미술관 남자가 비로소 입을 열었다.

"사실 전문가들도 이 그림에서 신랑을 뚜렷하게 지목하지 못하고 있습니다. 가장 신빙성 있는 해석은 '신랑은 없다'입니다. 16세기 플랑드르 지방의 결혼 풍습을 그 근거로 들 수 있습니다. 당시 플랑드르에서는 결혼식을 치른 뒤 가진 피로연에 신랑은 참석하지 않았다고 합니다. 혼자 잔치에 참석한 신부도 저녁에 신랑을 다시 만날 때까지 음식을 먹지 않았다고 해요."

관람객들이 고개를 끄덕였다. 미술관 남자가 잠시 사이를 두고 말했다.

"그런데 이 그림을 볼 때마다 궁금한 것이 하나 있습니다. 신부 왼쪽에 나란히 앉은 노부부가 신부의 부모 같은데, 표정이 밝지 않아요. 혹시 왜 그런지 누가 말씀해 주시겠습니까?"

부인 한 사람이 말했다.

"우리도 그랬어요. 딸 시집보낼 때 마음이 편치만은 않았어요. 품안에 있던 자식을 떠나보내는데, 어떤 부모가 마음이 편하겠어요. 우리 바깥양반은 울기까지 했는데요, 뭘."

그러자 바로 옆에 앉은 남성이 발끈해서 소리쳤다. 부인의 남편인 모양이었다.

"아니, 이 사람이 생사람을 잡어!"

"생사람을 잡긴 누가 생사람을 잡아요? 아주 대성통곡을 했으면서."

"아, 이 사람이!"

그때 어둠 속에서 한 남자가 소리쳤다.

"나도 봤어. 어찌나 슬피 울던지 나라를 잃었는지 알았구먼."

왁자하게 웃음이 터졌다. 도현도 웃음이 터지는 것을 참을 수 없었다.

주거니 받거니 하는 것으로 보아 관람객들은 한 동네에 사는 이웃인 것 같았다. 동네 거리를 오가면서 마주친 적이 없으니 도현이 사는 동네의 주민들은 아니었다. 도현은 부러웠다. 이 늦은 시각에 미술관에서 함께 그림을 감상하고, 저토록 활기차고 소탈하게 어울리는 이웃들이 남아 있는 동네는 어떤 곳일까……?

관람객들이 주고받는 이야기를 미술관 남자가 받았다.

"여러분 덕분에 좋은 걸 배웠습니다. 그리고 잔치를 치르다 보면 손님들 반응에 민감해지지 않을 수 없겠죠. 신부의 부모는 피로연에 찾아온 이웃들에게 소홀하지 않을까 염려되어 노심초사할 거예요. 이것 또한 브뤼헐의 뛰어난 점인 것 같습니다. 한 장소에 모여 있는 사람들이 처해 있는 각자의 입장에 따라 다르게 나타나는 반응과 표정을 세밀하게 들여다보고 있으니까요."

도현은 문득 이런 생각을 했다. 그림을 그린다는 건 세상을 새롭게 발견하는 작업이라고. 때로는 창조주의 관점에서, 때로는 가장 낮은 미물의 시각으로, 때로는 해가 되고 달이 되고 별이 되고 바람이 되어 인간과 세상과 인생과 마음을 들여다보는 것, 그것이 그림을 그리는 일이라고. 화가는 1초도 되지 않는 찰나의 순간에 영원을 담는 사람들이라고⋯⋯.

"신부를 보십시오. 왁자지껄한 잔치 분위기에서 오로지 신부만이 가지런히 손을 모으고 지그시 눈을 감은 채 자기만의 세계에 머물러 있습니다. 어쩌면 그녀는 새롭게 시작될 나날들 속에 찾아올 행복과 기쁨과 불행과 슬픔 그리고 긴 여정 끝에 도달할 체념과 평온을 미리 내다보고 있는지도 모릅니다. 오늘이 지나면 신부는 한 사람의 아낙으로, 그리 특별할 것도 없는 삶을 살아가게 될 것입니다. 그녀는 결혼이 그리 많은 것을 보장해 주지 않는다는 사실을 알고 있는 듯해요. 소녀와 처녀로 자유로웠던 시절과의 작별을 담담히 받아들이고 있음을 그녀의 표정이 말해 줍니다. 결혼식이란 마냥 축복된 날이 아니라 생의 새로운 단계로 넘어가는 관문이에요. 그걸 알기에 당사자인 신부와 부모는 웃을 수 없어요. 하지만 신부는 슬프지 않습니다. 인생에서 장담할 수 있는 건 아무것도 없지만, 그래서 살아 볼 만한 것이니까요. 우리는 행복할 때 웃고 불행할 때 울면서 살면 되는 거예요. 삶이란 억지로 꾸미지 않고, 다가오는 것을 담담하게 받아들이는 일입니다. 그림 속의 신부는 특별한 날을 맞아 그 깨달음을 얻었습니다."

잠시 사이를 두고 미술관 남자가 말을 이었다.

"오늘의 감상은 여기까지입니다. 오늘도 어김없이 찾아 주신 여러분께 감사드립니다. 그럼 다음 달에 다시 뵙겠습니다."

관람객들이 박수를 쳤다. 도현도 덩달아 손뼉을 마주쳤다. 사람들이 의자에서 일어서는 것을 보고 도현은 서둘러 미술관을 빠져나갔다.

어둠 속을 걷다가 도현은 뒤를 돌아보았다. 단체 관람객은 아직 미술관에 머물러 있는 듯 거리는 텅 비어 있었다. 도슨트 남자의 마지막 말은 그들의 단체 관람이 이번이 처음이 아니며 앞으로도 이어질 것이란 사실을 의미했다. 도현은 날짜를 헤아려 보았다. 그가 미술관을 처음 방문한 때가 보름 전쯤이었다. 이해하기 힘든 일이었다. 그 전부터 미술관이 문을 열고 있었단 말인데, 왜 내 눈에는 안 띄었을까? 도현은 거리에 선 채 미술관 쪽으로 다시 시선을 던졌다. 여전히 거리는 비어 있었고, 미술관에서 새어나오던 은은한 조명도 보이지 않았다. 단체 관람객이 미술관에 남아 뒤풀이라도 하는 모양이라고 생각하며 도현은 돌아섰다.

'고향 집에 돌아온 지 반년이 지났는데 내가 못 보고 지낸 것이 참 많았구나.'

자정이 가까워진 시각, 모든 것이 멈춘 것처럼 보이는 이 거리의 한 곳에서 사람들이 모여 두런두런 얘기를 나누고 있을 생각을 하니, 마음이 푸근했다. 그는 미술관 남자에게 물어서 다음의 단체 관람 때도 참석해야겠다고 생각했다.

이후로 일주일 동안 똑같은 나날이 이어졌다. 동네 노인들에게 알은 체를 하겠다던 도현의 다짐은 지켜지지 않았다. 오전에 일어나 편의점에서 가져온 음식을 먹고 2시 조금 전에 집을 나섰다. 퇴근길에는 항상 보안등의 깜빡거리는 불빛이 가장 먼저 맞아 주었고, 미술관은 계속 불이 꺼져 있었다. 밤에 집으로 돌아가 몸을 씻고 새벽까지 컴퓨터 게임을 하거나 책을 읽다가 잠이 들었다. 하루는 미술관에서 본 그림과 화가들에 대해서 검색했다. 그러다가 욕심이 생겨서 그림들의 파일을 다운 받고 프린트를 했다. 프린트한 그림들을 벽 여기저기에 붙이자 옥탑방이 정말로 '아를의 침실'과 흡사해졌다.

비가 내렸다. 출근길에 도현은 우산을 들고 집을 나섰다. 구멍가게 앞 평상이 비를 맞고 있었다. 그는 그냥 지나치려다가 구멍가게에 들어갔다. 어릴 때는 꽤 넓어 보였던 가게가 이제는 협소하게 느껴졌다. 한때 문구점을 겸했던 그 가게에는 없는 것이 없었다. 샤프와 지우개, 스케치북, 색연필, 원고지, 모눈종이 등등 도현이 필요로 하는 것은 항상 준비되어 있었다. 과자와 아이스크림 같은 주전부리는 물론이고 딱지나 구슬 따위의 놀잇감도 빠지지 않았다. 용돈을 받은 날이면 제일 먼저 달려간 곳이 바로 그 구멍가게였다. 도현은 일부러 시간을 끌며 가게를 둘러보다가 씹지도 않을 껌을 하나 샀다. 주인 남자는 심드렁한 표정으로 잔돈을 거슬러 주었다.

도현은 구멍가게를 나서서 문 위에 붙어 있는 간판을 올려다보았다. 가게 이름을 표시하던 아크릴 글씨는 오래전에 떨어져 나가고, '근대화 수퍼'라는 흔적만이 남아 있었다. 서글펐다. 어릴 때는 하루가 멀다 하고 들락거렸고 고향 집을 떠나기 전까지만 해도 간간이 들러서 간식거리를 사거나 어머니 심부름으로 들렀던 곳이었다. 가게 주인이 도현을 알아보지 못할 리 없었다. 하지만 불과 10년 사이에 가게 주인과 도현은 남남이 되어 있었다. 동네 노인들도 마찬가지였다. 그들은 도현과 또래 친구들을 함께 보살피고 키웠던 동네의 일부였다. 위험한 장난을 하면 호통을 치고, 거리에서 놀이를 할 때면 지켜봐 주던 어른들이 바로 그 노인들이었다. 등하교를 할 때 마주치면 인사를 나누고 때때로 사탕이나 과자 따위를 건네주던 이웃 어른들과 도현은 이제 데면데면한 눈길만 주고받는 서먹한 사이로 변해 있었다. 그 친밀함은 다 어디로 가 버렸을까? 도현은 침울함에 휩싸인 채 빗속을 걸었다.

거리 초입에서 정현과 마주쳤다. 우산을 들고 있어서 멀찍이 떨어져 서로를 피했다. 정현이 자신을 지나치자마자 도현이 다급하게 말했다.

"저기……."

정현이 뒤돌아보았다. 도현은 정현을 불러 세우고 나서야 자신이

한 행동을 깨달았다. 내친걸음이었다. 용기를 내었다.

"나…… 알죠?"

정현은 아무 말이 없었다. 할 말 있으면 해보라는 식으로 도현을 뚫어지게 쳐다보았다.

"저기…… 동네 주민들이 다 같이 김장을 담갔으면 하는데, 혹시 주민 센터에서 자리를 마련해 줄 수 있을지……."

정현이 놀란 표정을 지었다. 한층 표정이 누그러진 그녀가 입을 열었다.

"왜 그런 생각을 했어? 네 입에서 그런 말이 나올 거라고는 생각도 못했는데."

"그냥…… 그러면 좋을 것 같아서……."

"별일이네. 오랜만에 만난 동창이 아는 척해도 쌩까던 애가."

주민 센터에서 정현이 알은 체를 했을 때 도현이 외면했던 일을 두고 하는 말이었다. 도현은 대꾸를 못하고 뒷머리를 긁적였다. 정현의 말이 이어졌다.

"좋은 생각인 것 같아. 내일 주민 센터에 나올래? 자세히 의논해 보자."

"몇 시에 갈까요?"

정현이 발끈했다.

"왜 치사하게 자꾸 말을 높이냐? 야, 여도현. 너 내 이름은 기억해?"

도현이 고개를 끄덕이고 대답했다.

"기억해, 정현이. 김정현."

정현이 미소를 지으며 말했다.

"내일 한 시 반까지 와."

그러고 나서 정현은 돌아섰다. 빗속을 걸어가는 정현의 발걸음이 가벼워 보였다.

●

다음날 주민 센터에서 도현은 정현의 팀장을 소개받았다. 정현이 도현의 아이디어를 팀장과 논의했고 좋은 반응을 얻었다고 했다. 팀장이 도현에게 말했다.

"그렇지 않아도 겨울이 오기 전에 취약 계층 주민들을 위해서 무엇을 할까 고민하던 중이었는데, 좋은 아이디어를 주셔서 감사합니다. 김장 재료를 준비하는 등의 비용은 동 차원에서 지원이 가능할 것 같습니다. 우리 김 주무관님과 함께 구체적인 계획을 짜 주실 수 있겠습니까? 참가 인원과 김장 규모, 장소 등에 관해서 알려 주시면 저희가 지원해 드리겠습니다."

팀장과의 짧은 미팅이 끝난 뒤 도현과 정현은 근처 카페로 향했다. 도현은 누군가와, 특히 여자와 차를 마시는 것이 너무 오랜만이라 불편했다. 하지만 정현과의 화해 분위기를 깨고 싶지 않아서 그녀가 이끄는 대로 따랐다.

"그때 왜 그런 거야? 내가 얼마나 무안했는지 알아?"

또 그 얘기였다. 대충 얼버무렸다가는 두고두고 구박당할 것 같았다. 도현은 솔직하게 얘기했다.

"창피해서 그랬어. 서울에서 이 년 동안 공무원 시험 준비하다가 포기하고 돌아온 길이었어. 주민 센터에서 일하는 널 보고 주눅이 들었나 봐. 그때 널 피해 버린 일은 나도 부끄럽게 생각해."

도현의 대답이 흡족한 듯 고개를 끄덕이다가 정현이 말했다.

"그런데 넌 공무원 타입 아냐."

"공무원 타입이 따로 있어? 그냥 하면 되는 거지."

"그래, 그냥 하면 돼. 다들 무슨 소신이 있어서 공무원이 되는 건 아니니까. 하지만 시험에 통과해서 공무원이 되었다고 해도 넌 네 길을 가고 있다는 확신을 갖지 못했을 거야. 무언가 채워지지 않는 결핍에 시달리면서도 어쩔 수 없이 그 길을 따라가는 건 너무 아깝지 않아? 한 번뿐인 인생인데."

도현은 대꾸하지 않았다. 정현의 말이 틀린 것은 아니지만, 수긍할 수도 없었다. 꿈을 좇으라, 행복을 추구하라, 원하는 일을 하라는 등의 아포리즘은 공중에 떠다니는 말에 불과했다.

잠시 어색한 침묵이 흐른 뒤에 정현이 말했다.

"네가 동네 주민들하고 무언가를 하겠다는 생각을 한 게 놀라워. 동네 어르신들하고도 데면데면한 것 같던데."

"미리 생각했던 건 아냐. 어제 너랑 부딪쳤을 때 즉흥적으로 떠오른 거야."

"그래도 이유가 있을 것 아냐."

미술관 때문이었다. 그림을 감상하는 동안 어릴 적의 기억이 뚜렷해졌고, 고향의 낡은 거리와 그곳을 터전으로 살아 온 이웃들이 추억의 많은 부분을 차지하고 있다는 사실을 깨달은 이후로 찾아온 변화였다. 하지만 도현은 얘기가 길어질 것 같아 자세한 이야기는 다음으로 미루었다. 편의점으로 출발해야 할 시간이었다. 도현이 눈치를 살피는데, 정현이 먼저 일어섰다.

"너 편의점 갈 시간이지?"

"내가 편의점에서 일하는 걸 알아?"

"전에 그 동네 놀러 갔다가 편의점 바깥에서 물건 정리하는 널 봤어. 얄미워서 아는 척 안 했어."

정현이 새침한 표정으로 도현을 바라보다가 말을 이었다.

"행사에 관해서 논의해야 할 텐데, 내일 시간 어때? 오늘 만난 시각에 볼까?"

"응, 내일."

김장을 담그는 시간은 일요일 오전으로, 장소는 정현의 어머니가 운영하는 식당으로 정했다. 이틀 뒤부터 주민 센터 직원들이 도현의 동네를 돌아다니며 주민 행사에 참여해 달라고 알렸다. 그들이 돌린 전단지에는 행사 시간과 장소 외에 이런 문구가 적혀 있었다.

최고의 밥상 파트너 김치!
김장 담그기 행사에 참여하고,
푸짐하게 챙겨 가세요.

행사에 참여하지 않으신 주민께도
'현이네 분식'에서 두 포기씩 나누어 드립니다.
(11월 9일부터 3일간. 조기 소진시 종료)

토요일 저녁에 절인 배추와 배춧속을 실은 트럭이 현이네 분식에 도착했다. 주민 센터 공무원들이 하차하는 작업에 나섰다. 휴일이어서 도현도 힘을 보탰다. 배추 내리는 작업이 끝난 뒤에도 도현과 정현은 식당에 남아 뒷일을 마무리했다.

정현이 혼잣말을 했다.

"주민들이 많이 올까?"

정현의 어머니가 그 말을 받았다.

"동네 어르신 몇 분은 오겠다고 했고, 다른 사람들은 잘 모르겠네. 워낙 바깥출입을 꺼리는 사람들이라서……."

뉘엿뉘엿 해가 질 무렵에야 도현은 집으로 향했다.

●

다음 날 아침 일찍 도현은 현이네 분식으로 향했다. 동네 노인들이 분주하게 움직이고 있었다. 도현을 발견한 정현이 그를 끌었다.

"할아버지 할머니, 이 총각이 같이 김장을 담그자고 의견을 냈어요. 거리를 오가는 건 보셨죠?"

도현이 꾸벅 허리를 굽혀 인사를 했다. 노인들이 도현의 인사를 받으려는데, 항상 군복을 입고 다니는 덩치 큰 노인이 대뜸 소리를 쳤다.

"늙은이들은 새벽부터 나와서 고생하고 있는데, 왜 이리 늑장이야?"

정현의 어머니가 끼어들었다.

"좋은 일 하려고 나온 청년한테 아침부터 왜 시비예요?"

군복 노인이 자리를 피하며 말했다.

"요즘 젊은 것들은 백이면 백 다 글러먹었어."

도현은 한 순간 괜한 일을 벌였나 하는 생각이 들었다. 정현의 어머니가 도현을 향해 눈을 찡긋해 보였다. 노인들은 심드렁한 표정으로 도현을 일별하고는 일에 몰두했다.

도현은 노인들이 하는 모습을 지켜보고 있다가 일을 도왔다. 하수도 부근에서 물을 뺀 배추를 배춧속을 넣는 할머니들에게 옮기는 일이었다.

일이 조금 손에 익을 무렵 한 중년 남성이 식당 쪽으로 다가와 기웃거렸다. 그를 발견한 정현이 다가가서 반갑게 말을 건넸다.

"김장 담그러 오셨어요?"

중년 남성이 말했다.

"감나무집 박 씨 어른을 대신해서 왔습니다. 오늘 도우면 김치 좀 얻어 갈 수 있습니까?"

"같이 담그면 다섯 포기씩 드리고요, 그렇지 않아도 두 포기씩 나누어 드릴 거예요."

남성은 고개를 끄덕이더니 팔을 걷어붙였다.

도현이 둘러보니 평상에 모이던 노인들과 정현의 어머니, 구멍가게 주인 남자 그리고 정현과 자신뿐이었다. 새로운 인물은 조금 전에 도착한 중년 남성이 유일했다. 현이네 분식 앞을 지나는 젊은이들과 중년 남녀가 더러 있었지만, 그들은 분주하게 김장을 담그는 이들을 힐끗 보고는 그대로 지나쳤다. 그때마다 정현이 그들에게 소리쳤다.

"두 포기씩 무료로 나누어 드려요. 나중에 현이네 분식으로 오세요!"

600포기나 되는 걸 오늘 다 끝낼 수 있으려나? 실망스러웠지만, 이 동네의 숫기 없는 주민들을 도현은 이해했다. 만약 도현이 이 일을 계획하지 않았더라면 그 역시 주민 행사를 외면했을 것이다.

오전이 후다닥 지나갔다. 정현의 어머니가 끓인 국수로 점심을 때우고 다시 김장 담그기에 매달렸다. 노인들 대부분이 허리가 구부정하고 팔다리가 약해 보였지만 잠시도 쉬지 않았다. 도현은 간만에 몸을 쓴 탓에 허리가 끊어지는 것 같았지만 노인들 앞에서 티를 낼 수 없었다.

도현은 잠시 허리를 펴는 동안 부지런히 배춧속을 채우는 노인들을 바라보았다. 표정이 밝았다. 평소 구멍가게 앞 평상과 식당 테이블을 차지한 채 아무것도 바라보지 않는 멍한 눈을 끔벅거리기만 하던 그들이 아니었다. 함께 김장을 담그는 동안 그들은 한때 주방을 책임지고 가정의 생계를 담당했던 어머니와 아버지로 돌아가 있었다. 누가 먹을지도 모를 김치를 준비하는 마음이 고마웠다.

바깥에 쌓아 놓은 배추가 빠른 속도로 줄어들더니, 오후 4시 무렵에 김장이 모두 끝났다. 정현의 어머니가 삶은 고기와 막걸리를 냈다. 겉절이에 싸먹는 수육 맛이 일품이었다. 막걸리를 그다지 즐기지 않는 도현도 거푸 잔을 비웠다. 도현의 빈 잔에 막걸리를 채워 주면서 구멍가게 주인 남자가 처음으로 말을 걸었다.

"양경애 선생 아들이지?"

'양경애 선생'이란 도현의 어머니를 말했다. 도현이 "예."라고 짧게 대답했다. 남자가 말을 이었다.

"자네 어머니가 돌아가셨을 때 동네 사람들은 아무도 몰랐어. 한 며칠 안 보여서 어디 여행이라도 간 줄 알았지. 몇 주가 지나서야 자네 집을 드나드는 부동산 중개소 사람을 통해서 알았어. 집 주인이 죽어서 아들이 집을 내놓았다고 하더군. 어찌나 서운하던지…… 한동안 동네가 착 가라앉았더랬어."

도현의 어머니 장례식은 친지들만 참석한 가운데 조촐하게 치렀다. 너무 갑작스럽게 당한 일이라 경황이 없었다. 동네 이웃들에게는 알릴 생각조차 하지 못했다. 가깝게 지낸 이웃, 아니 한 동네에서 같이 살며 피붙이 같은 정을 나누었을 사람들이 나중에 어머니 소식을 듣고 얼마나 황망했을지 생각하니, 도현은 마음이 확 쪼그라들었다. 술기운 탓인지 그는 눈시울이 붉어졌다.

"이거 받아."

구멍가게 주인 남자가 봉투를 내밀었다. 도현이 고개를 들어 그와 눈을 맞추었다.

"우리끼리 자네 어머니 장지에 다녀오면서 여기 계신 분들하고 몇 사람이 더해서 모은 부조금이야. 자네를 보게 되면 전해 주려고 했는데, 사람을 보고도 영 알은 체를 않는 게 괘씸해서 그동안 계속 갖고만 있었어. 얼마 되지는 않아."

도현은 얼떨결에 봉투를 받아들고는 누구에게랄 것도 없이 고개를 숙여 보였다.

구멍가게 남자가 정현에게 말했다.

"정현아, 오늘 어르신들 김치는 우리가 댁까지 날라 드려야겠다."

그러고 나서 그의 눈길이 오늘 처음 본 중년 남성에게로 향했다.

"나는 신훈철이라고 합니다. 몇 년째 간간이 보면서도 오늘에야 인사를 나누네요. 내 또래이신 것 같은데 성함이……?"

"황인철입니다."

"댁도 끝까지 좀 도와주쇼."

중년 남성이 고개를 끄덕였다.

구멍가게 주인 남자와 중년 남성이 네 집을 맡고, 정현과 도현이 여섯 집을 맡았다. 마지막 집에 김치를 전해 주고 나서 정현과 도현이 현이네 분식에 도착했을 때 구멍가게 주인과 중년 남성이 김치를 2포기씩 비닐봉지에 담고 있었다. 정현과 도현이 가세했다. 밤 10시가 넘어서야 모든 일이 끝났다. 그새 친구가 된 구멍가게 주인과 중년 남성이 먼저 떠나고, 정현 어머니는 할 일이 더 있다며 식당에 남았다. 그녀는 끝까지 돕겠다는 도현을 밀어냈다. 정현도 도현을 밖으로 끌었다.

정현과 도현은 거리 초입을 향해 나란히 걸음을 옮겼다.

"넌 이 동네 안 살지?"

도현의 물음에 정현이 대답했다.

"응, 스무 살 무렵에 옆동네로 이사했어."

"집까지 데려다줄까?"

도현의 말에 정현이 삐죽 입을 내밀고 말했다.

"그럼 안 그러려고 했어?"

거리는 어둠에 잠겨 있었다. 낮 동안의 모든 일들이 꿈처럼 아득하게 느껴졌다. 깜빡거리는 보안등 아래에 이르러 도현은 미술관 쪽을 쳐다보았다. 불이 꺼져 있었다.

"오늘도 문을 안 열었네. 하긴 일요일이니까……."

혼잣말을 하는 도현의 시선을 따라갔던 정현이 눈길을 거두고 그에게 물었다.

"문을 안 열다니, 어디가?"

"저기 미술관 말이야."

"미술관?"

정현이 의아한 표정을 지은 채 다시 물었다.

"여기에 미술관이 있어?"

도현이 손가락으로 보안등 맞은편 건물을 가리켰다.

"저기 저 건물 1층에……. 너, 몰랐구나?"

정현이 건물과 도현의 얼굴을 번갈아 보다가 말했다.

"여도현, 여기에 미술관 같은 건 없어. 네가 말하는 저기에는 근대 역사 체험관이 있었는데, 몇 년 전에 철수한 뒤로는 계속 비어 있었어."

"무슨 소리야? 내가 몇 번 가서 그림을 봤는데. 그림을 설명해 주는 도슨트도 있고……."

정현이 휴대폰의 플래시를 켜고는 건물 쪽으로 다가갔다. 유리문 너머를 살피던 정현이 도현에게 다가오라는 손짓을 했다. 도현이 다가가자 정현이 말했다.

"여기에 미술관이 있다고?"

"응, 그런데 문을 잘 안 열어. 낮에는 여는 경우가 거의 없고. 밤에만 여는 것 같아. 어떨 때는 꽤 오랫동안 안 열기도 해."

정현이 문을 밀었지만 잠겨 있었다. 도현도 휴대폰 플래시를 켜서 안을 비추었다. '영달동 미술관'이라고 적힌 가림막이 보이지 않았다. 언젠가 한낮에 들여다보았을 때처럼 내부가 낯설었다.

정현이 플래시를 끄고 도현을 향해 돌아섰다.

"여도현, 나는 이 동네에 어떤 가게가 있는지, 무엇이 있는지, 누가 사는지 훤해. 네가 말하는 미술관은 적어도 내가 주민 센터에서 일한 지난 사 년 동안은 없었어."

도현은 갑자기 딴 세상에 있는 듯했다. 이 거리도, 바로 앞에 서 있는 정현도, 깜빡거리는 보안등도, 어두운 밤하늘도, 낮 동안의 김장 담그기도 모든 것이 다 비현실적으로 느껴졌다.

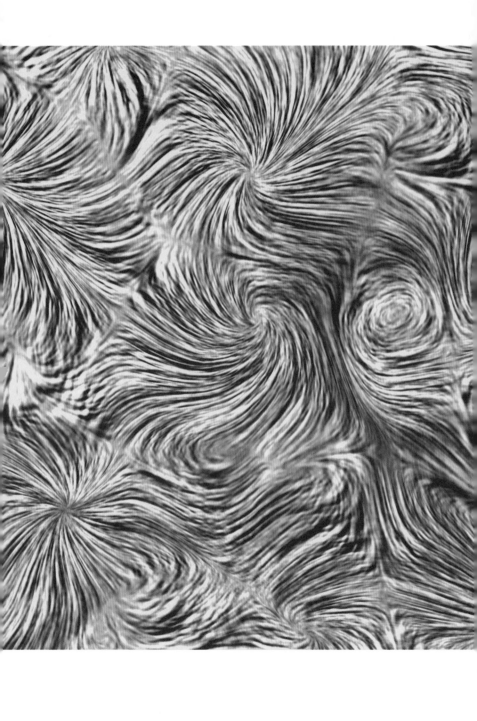

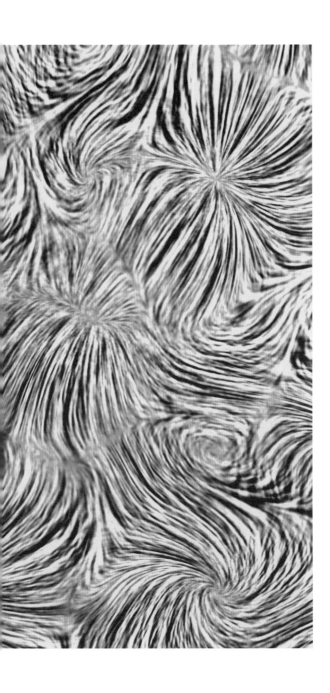

Episode 3

당신을
기다리는 마음

일리야 레핀(Ilya Yefimovich Repin)
1844~1930, 러시아

렘브란트 반 레인(Rembrandt Harmenszoon van Rijn)
1606~1669, 네덜란드

인철은 숙소인 반지하 방으로 들어설 때마다 출입구 옆에 있는 우편함을 들여다보았다. 올 것이라고는 공과금 고지서뿐이었다. 그런데도 그는 매일 의식을 치르듯 같은 행동을 반복했다. 그가 이 소도시의 구석진 동네, 거기에서도 가장 외떨어진 집의 반지하 방에 살고 있다는 사실을 아는 사람은 집주인 내외와 창선호 선장뿐이었다. 편지나 엽서가 올 리 없다는 건 어느 누구보다도 그가 가장 잘 알았다. 하지만 그는 매일 기적이 일어나기를 바라는 심정으로 우편함을 살폈다.

　인철이 머무는 집은 세를 놓을 목적으로 개조한 다세대 임대 주택이었다. 하지만 세 들어 사는 사람은 그가 유일했다. 처음 이곳에 터를 잡을 때만 해도 세 집이 더 있었지만, 그 사이에 모두 떠났다. 집주인은 월세 금액을 그대로 유지할 테니 햇볕이 잘 드는 1층이나 2층으로 옮기라고 제안했지만, 그는 그대로 있겠다고 했다. 어두컴컴하고 축축한 반지하 방이 자신에게 어울린다고 생각했다. 출소한 지 4년이 지났지만 그는 여전히 수형 생활을 고집했다.

주민들이 함께 김장을 담그는 행사에 참여하면 김치를 나누어 준다는 내용의 전단지가 우편함에 꽂혀 있는 것을 보고 처음에 인철은 무시했다. 혼자 살면서 가장 아쉬운 것이 김치였지만, 여러 사람들과 어울릴 만큼 마음이 여유롭지 못했다. 그랬는데, 집주인인 박 씨가 찾아와 부탁했다.

"동네 사람들이 모여서 김장 담그는 일에 나도 가기로 약속했는데, 뜬금없이 일요일에 아들 내외가 외식하자며 나오라지 뭔가. 자네가 대신 좀 가 줄 수 없겠는가?"

집주인 내외는 좋은 사람들이었다. 계절이 바뀔 때면 밑반찬을 나누어 주었고, 시시때때로 불편한 점이 없는지 살펴 주었다. 외지인인 자신을 친절하고 살갑게 대해 준 사람의 청을 거절할 수 없었다. 그래서 일요일에 인철은 김장 담그는 일에 참여해서 아침부터 밤까지 성심성의껏 도왔다. 자신과 박 씨의 몫으로 7포기의 김치를 얻은 그는 4포기를 주인집에 전하고 자신은 3포기만 챙겼다. 냉장고에 김치가 가득하니 부자가 된 것 같았다. 그리고 구멍가게 주인인 훈철과 안면을 튼 것도 소득이라면 소득이었다.

인철이 이 동네에 살게 된 것은 3년 전이었다. 형기를 마치고 출소한 뒤 무작정 길을 나선 그는 1년 가까이 온갖 잡일을 하며 끼니를 잇고 틈틈이 집에 돈을 보냈다. 그렇게 유랑하다가 도착한 곳이 이 소도시의 작은 선창가였다. 선창에서 그물을 손질하는 창선호 선장에게 다짜고짜 배에 태워 달라고 매달렸다. 아들이 대학에 갈 나이였다. 출소하기 한 달 전에 면회를 온 어머니에 의하면 아들인 영채가 공부를 곧잘 한다고 했다. 아들의 공부에 보탬이 되기 위해서는 안정적인 일거리가 필요했다.

"뱃일은 해 보셨소?"

"처음이지만, 무슨 일이든 잘 배우는 편입니다."

그렇게 맺은 인연이 벌써 3년째였다. 월급을 받으면 집세와 공과금, 최소한의 생활비만 남겨 두고 아내와 어머니의 계좌로 돈을 보냈다. 다행히 아무 탈 없이 대학에 잘 다닌 아들 영채는 대학 3학년이었다. 이제 해가 바뀌면 4학년이 된다.

"요즘엔 취업이 어렵다던데……."

소식이 궁금했지만, 인철은 단 한 번도 집에 연락을 취한 적이 없었다. 계절이 바뀔 때마다 어머니에게 전화하는 것이 전부였다.

저녁부터 비바람이 거세지기 시작했다. 보통 이런 날에는 조업이 불가능했지만, 인철은 그래도 일단 선창가에 나가 보기로 하고 우비를 챙겼다.

인철이 선창에 도착해 보니, 선장도 나와 있었다. 검은 바다의 물결이 거셌고 빗발은 더욱 굵어졌다. 한참 동안 바다를 바라보며 연거푸 담배를 피워 대던 선장이 말했다.

"기왕 이렇게 된 거 회나 한 접시 합시다."

선장은 자신의 아내가 운영하는 선창가의 횟집으로 인철을 데리고 갔다.

상이 차려지자 선장은 자신의 잔에 소주를 따르고 인철의 잔에는 사이다를 따랐다. 선장은 인철이 술을 멀리한다는 사실을 알면서도 혼자 마시는 게 미안하고 서운해서 술을 권하고는 했다. 그렇게 꽤 오랫동안 술자리에서 옥신각신하다가 인철의 술잔에 사이다를 따르고 건배하는 것으로 무언의 합의를 보았다.

선장은 무뚝뚝하고 항상 표정이 굳은 사내였지만, 인철은 그가 좋은 사람이라는 걸 알았다. 뱃일을 하는 동안 사적인 대화는 거의 나누어 본 적이 없었고, 가끔 이렇게 둘이서 잔을 기울일 때도 TV 뉴스를 보며 시국에 대해서 몇 마디 주고받는 것이 고작이었다. 인철이 선장을 좋게 생각하는 게 그 부분이었다. 노숙자나 다름없는 꼴을 하고 인철이 배에 태워 달라고 했을 때부터 지금껏 선장은 인철에 대해서 묻지 않았다.

선창가에서 집까지는 걸어서 20분 정도 걸렸다. 한사코 걸어가겠다는 인철을 선장은 기어이 차에 태웠다. 선장 내외는 동네 초입에 인철을 내려 주었다. 조수석에 앉은 선장이 말했다.

"내일도 비가 오거든 아예 나오지 마쇼."

인철은 차가 떠나는 걸 지켜보다가 몸을 돌렸다.

걸음을 옮기던 인철은 보안등 맞은편 건물 앞에 누군가 서 있는 것을 발견했다. 그냥 지나치려던 그는 건물 앞에 서 있는 사람이 며칠 전 함께 김장을 담근 젊은이임을 알아보았다.

"여기서 뭐 하시오?"

건물 유리문 너머의 어둠을 응시하던 도현이 깜짝 놀라 인철을 돌아보았다. 도현은 말을 건 남자를 알아보고는 안도하는 눈치였다.

"거기 뭐가 있소?"

인철의 이어진 물음에 도현은 잠시 머뭇거리다가 입을 열었다.

"혹시 여기 이 건물에 불이 켜진 것을 본 적 있으세요?"

"여기에?"

인철은 기억을 더듬는 듯 허공을 응시하다가 말했다.

"글쎄, 본 적 없는데……."

그러고는 이렇게 덧붙였다.

"내가 저녁에 나갔다가 새벽에 들어와서 말이오. 그런데 여기에 뭐가 있소?"

도현은 어떻게 답을 해야 할지 몰라 얼버무렸다.

"아닙니다. 제가 착각했나 봅니다."

인철이 도현을 향해 눈인사를 건네고 자리를 떴다. 그는 걷다가 뒤를 돌아보았다. 젊은이는 건물 입구의 처마 아래에 서서 밤하늘을 올려다보고 있었다.

●

다음 날에도 비가 내렸다. 가을장마가 닥친 모양이었다. 인철은 빗소리를 들으며 윗 지방이었다면 함박눈이 내렸을 거라고 생각했다. 이 도시에는 눈이 귀했다. 지난 3년 동안 눈을 본 것이 손에 꼽을 정도였다.

인철은 하루 종일 빗소리를 들으며 방 안에서 뒤척였다. TV를 켰다가 딱히 볼 만한 프로그램이 없어서 채널만 이리저리 돌리다가 꺼버렸다. 해가 지고 어둠이 찾아왔다. 이불 속에 웅크리고 있던 그는 우산을 챙겨 들고 밖으로 나섰다.

구멍가게로 들어서자 훈철이 반겼다.

"비가 많이 와서 뱃일을 못 나갔구먼?"

훈철이 인철보다 2살 위였다. 훈철은 처음 인사를 나눈 그날 몇 마디 주고받지 않았는데 대뜸 말을 놓았다. 인철은 친하지 않은 사람과는 하대를 하는 것도 듣는 것도 꺼리는 성격이었지만, 이상하게도 훈철의 반말이 싫지 않았다.

"혼자서 빗소리를 안주 삼아 한잔 하려던 참이었어."

훈철이 버너에 코펠을 올리고 김치 등의 재료를 넣어 찌개를 끓였다. 박스 종이 위에 간단한 술자리가 금세 마련되었다. 김장을 담그던 날 인철이 술을 멀리한다는 걸 알았기에 훈철은 인철의 잔에 음료수를 따라 주었다.

인철이 말했다.

"동네에 주민이 별로 없어서 장사가 잘 안 될 것 같은데요."

훈철이 씁쓸하게 웃음을 짓고 답했다.

"진즉에 가게를 접었어야 했는데, 그러지를 못했어. 나마저 떠나버리면 여기에 아무것도 없잖아. 옆에서 식당을 하는 정현이 엄마도 나랑 같은 생각일 거야. 어떨 때는 하루 종일 손님이 한 명도 없을 때도 있어."

"버티는 것도 하루 이틀이지, 큰일이네요."

"여기가 내 집인 걸 어쩌겠어? 돌아가신 아버지가 갑자기 중풍으로 쓰러지는 바람에 울며 겨자 먹기로 이 가게를 떠안아야 했어. 사실 그때 일자리가 생겨서 이곳을 떠날 참이었는데, 아버지 간병도 해야 해서 그대로 눌러앉고 말았지. 그때 내 나이가 스물 중반이었으니까, 벌써 삼십 년이 넘었어. 그래도 한때는 여기에 주민도 많았고 장사도 괜찮았는데, 왜 이렇게 됐나 몰라. 몇 해 전까지만 해도 가게를 처분하겠다는 생각이 간절했지. 허나 이제는 그 마음도 접었어. 지금 가면 어디를 가겠나? 가게를 내놓는다 해도 나가지도 않을 테고. 그저 굶지 않는 것에 감사하면서 살아야지."

두 사람은 유리문 너머로 시선을 두었다. 세찬 빗줄기가 차양을 때리는 소리가 점점 커졌다. 잠시 사이를 두고 훈철이 물었다.

"자넨 여기 사람이 아니지?"

인철이 고개를 끄덕였다.

"여기서 지낸 지 꽤 된 것 같은데, 가족은 자주 보는가?"

그 질문에 인철은 생각에 잠겨 있다가 고개를 저었다.

그때 가게 문이 열렸다. 안으로 들어선 사람은 도현이었다. 훈철이 말했다.

"영달동 청년회가 다 모였네."

"가게에 아직 불이 켜져 있기에 들어와 봤습니다."

"앉아. 한잔 해."

도현이 합석했지만, 세 사람은 여전히 별 말이 없었다. 가만히 술과 음료수를 기울이며 유리문 밖에 시선을 놓았다. 침묵이 어색했던

지 인철이 턱짓을 하며 도현에게 물었다.

"저기에 오늘은 불이 켜져 있던가요?"

도현은 대답 없이 고개를 저었다. 인철과 도현을 지켜보던 훈철이 입을 열었다.

"어디 말이야? 여기 이 시간에 문 여는 데가 있어?"

인철은 눈빛으로 그 질문을 도현에게 넘겼다. 도현이 마지못해 말했다.

"저기 보안등 맞은편 건물 말입니다. 혹시 거기가 문을 열었거나 건물에 불이 켜진 것을 본 적 없으세요?"

훈철은 생각에 잠겼다가 답했다.

"몇 년 전까지 거기에 근대 뭐시기 체험관이 있었고, 그 전에는 잠깐 일본식 술집이 들어와 있었고, 가만 보자, 그 전에는…… 어휴, 뭐가 있었는지 기억이 잘 안 나네. 근데 거기가 왜?"

도현은 그곳에서 보았던 그림들과 도슨트 남자 그리고 단체 관람을 하던 주민들에 관한 기억이 너무나 생생했다. 하지만 정현과 훈철의 말을 종합해 보면, 그곳에 미술관이 존재했던 적은 없었다. 더욱이 최근 몇 년 동안 그곳은 이 동네의 여느 건물들과 마찬가지로 계속 비어 있었다. 도무지 설명할 수 없는 일이 도현에게 일어난 것이었다. 그걸 누가 믿어 줄까? 신기루 같은 그 일을 과연 누가 믿어 줄까? 도현은 인철에게 그랬던 것처럼 대충 얼버무렸다.

"거기에서 불빛이 새어나오는 걸 본 것 같아서요."

그 말을 훈철이 받았다.

"장 씨 아저씨랑 같은 소리를 하네."

"네?"

"자네도 알지? 그 군복 입고 다니는 말 많은 노인네 말이야. 얼마 전에 그 노인네가 밤늦게 귀가하다가 거기에 불이 켜진 걸 봤다는 거야. 그래서 누가 숨어들었나 싶어서 다음 날 문을 열고 들어가 봤지. 여기 건물들 대부분이 일제 시대 때 지어진 문화유산이라서 주민 센터에서 관리를 하거든. 그랬는데 아무도 없었어. 게다가 주민 센터 말로는 전기 공급도 끊었다고 하더라고. 누가 밤에 몰래 들어갔다 하더라도 전깃불을 켤 수 없는 거지. 장 씨 아저씨가 약주가 과해서는 맞은편에 깜빡거리는 보안등 불빛이 유리문에 비친 걸 착각한 거야. 자네도 그런 거 아니겠어?"

도현은 훈철이 더 캐묻는 걸 막기 위해 일부러 수긍한다는 뜻으로 고개를 끄덕였다.

조촐한 술자리는 자정까지 이어졌다.

●

비가 그친 뒤로 기온이 뚝 떨어졌다. 가을을 느낄 새도 없이 빠르게 겨울이 성큼 다가왔다. 해가 떨어진 뒤에 시작해서 해가 뜨기 전에 끝나는 뱃일은 겨울이 제일 힘들었다. 얼음장처럼 차가운 바닷바람에 맞서다 보면 손발이 얼고 귓불이 떨어져 나갈 것 같았다. 하지만 인철은 하루하루에 감사했다. 매달 집에 돈을 보낼 수 있어서 다행이었고, 선장이 좋은 사람이어서 스트레스가 덜하다는 사실도 고마웠다.

4년 전, 교도소를 나온 뒤 인철은 무작정 걸었다. 어머니에게는 출소 날짜를 거짓으로 알렸다. 집으로 갈 수는 없었다. 가족들 얼굴을 볼 면목이 서지 않았다. 아내가 면회를 와도 만나지 않았다. 어머니를 통해서만 가족들 소식을 들었다. 한번은 어머니와 아내가 함께 면회를 온 적이 있었는데, 그는 아내를 보자마자 그대로 면회실에서 돌아서고 말았다.

계획이 있었던 건 아니었다. 영치금은 입소할 때 가지고 있던 것과 어머니가 넣어 준 것을 합쳐서 50만 원이 안 되었다. 그는 꼬박 사흘을 걷다가 어느 작은 터미널에서 버스를 탔다. 그렇게 도착한 곳이 통영이었다. 그곳 터미널에서 어머니에게 전화를 걸었다. 어머니는 어서 집으로 오라며 통곡했다. 혹시라도 인철이 나쁜 마음을 먹지나 않을까 걱정이 많았다. 그는 어머니를 안심시켰다.

"어머니, 아직 죗값을 덜 치른 것 같아요. 허튼 짓 안 할 테니 염려 마세요. 세상 돌아다니며 인생 공부 조금 더 하고 건강하게 돌아가겠습니다."

음주 운전으로 인한 사망 사고였다. 피해자인 신혼부부는 그 자리에서 즉사했다.

그 당시 그는 거의 매일 술에 취해서 지냈다. 원래 술을 즐기는 편이었지만, 아들 영채가 장애를 얻은 뒤로는 술을 마시지 않는 날이 없었다. 점심을 먹으면서 반주로 시작한 술자리를 새벽까지 끌고 가는 일이 다반사였다. 근태가 엉망이 되자 회사에서는 휴직을 권고했다. 20대에 입사하여 청춘을 바치며 키운 회사였다. 회사에서도 인철의 공을 알기에 퇴사를 종용하지 않고 휴직을 권했다. 하지만 배알이 뒤틀린 인철은 사직서를 던지고 나왔다.

어머니를 구슬려 시골의 땅을 처분해서 만든 자금과 퇴직금, 대출금을 합쳐서 부품 공장을 열었다. 직원 4명으로 시작한 작은 공장이었지만, 전에 몸담았던 회사를 키운 경험이 있었기에 자신 있었다.

하지만 시작부터 삐걱거렸다. 중고로 들여 온 기계와 설비들이 자주 말썽을 일으켜서 제품 불량률이 높았고, 애써 잡은 계약건의 납품 기일을 맞추지 못해 클레임을 당하는 일이 거듭되었다. 인철의 실력을 믿고 관계를 맺은 거래처들이 하나둘 떨어져 나갔다. 손실을 메우느라 가족이 살던 아파트와 어머니의 집을 담보로 돈을 빌렸다. 하지만 구멍 뚫린 독처럼 자금이 빠져나갔다. 직원들도 떠났다. 모든 것을 털어 넣은 인철의 사업체는 설립 2년 반 만에 부도를 맞았다.

사고를 일으킨 날은 인철의 회사가 최종적으로 부도 처리된 다음 날이었다. 공장 부근의 식당에서 낮부터 술을 마셨다. 잔뜩 취한 채로 운전대를 잡았다. 며칠 안에 차압 딱지가 붙을 자동차였다. 법원에 넘겨주기 전에 실컷 속도나 내 보자는 생각으로 액셀을 밟았다. 그 이후는 기억나지 않는다. 큰 충격과 굉음이 일었다. 인철의 차가 중앙 차선을 넘었고, 마주 오던 차를 들이받았다. 희한하게도 인철은 털끝 하나 다치지 않았다. 피해 차량은 형체를 알아보기 힘들 정도로 찌그러진 채 국도변의 논에 처박혀 있었다. 인철은 후들거리는 다리를 간신히 주체하며 피해 차량으로 다가갔다. 자동차의 갖가지 부품들과 사람의 몸이 뒤죽박죽으로 엉켜 있었다. 인철은 국도변에 멈추어 서 이쪽을 바라보고 있는 사람들을 향해 다급하게 소리쳤다. 그리고 정신을 잃었다.

그 일로 인철은 징역 3년형을 받고 교도소에 수감되었다. 국선 변호사 외에는 변호사를 선임하지 않았고 항소도 하지 않았다. 모든 것을 받아들였다. 수의(囚衣)를 입고 있는 동안 그는 오랜만에 정신이 맑아지는 경험을 했다.

●

새벽에 뱃일을 마치고 어시장에 어획물을 넘긴 뒤 물이 좋아 보이는 몇 놈은 선장의 아내가 운영하는 횟집의 수조에 넣었다. 다른 사람들이 하루를 시작하는 새벽에 인철의 하루는 저물었다. 그는 선장과 헤어져 집으로 향했다.

집이 있는 동네의 거리 초입에 이르렀을 때 인철은 무언가 풍경이 달라져 있는 것을 단박에 알아차렸다. 보안등의 불이 꺼져 있었다. 대신 그 맞은편 건물에서 희미하게 빛이 새어나왔다. 도현이라는 청년이 말했던 그 건물이었다.

'그 젊은이가 착각한 게 아니었구먼.'

인철은 건물로 다가가 유리문 너머를 들여다보았다. '영달동 미술관'이라고 적힌 가림막이 보였다. 그는 가림막에 적혀 있는 작은 글씨를 읽었다.

때때로 그림은 창작자가 아니라
자신을 바라보는 사람의 이야기를 한다.

호기심이 일었다. 인철은 문을 슬쩍 밀어 보았다. 환영한다는 듯 문이 스르르 뒤로 밀렸다. 그 순간, 며칠 전 구멍가게 주인 훈철이 했던 말이 떠올랐다.

'주민 센터 말로는 전기 공급도 끊었다고 하더라고. 누가 밤에 몰래 들어갔다 하더라도 전깃불을 켤 수 없는 거지.'

몸의 잔털들이 일어서는 것이 느껴졌다. 인철은 주변을 둘러보았다. 여명이 감돌기 시작했으나, 거리는 텅 비어 있었다. 거리의 아침을 가장 먼저 시작하는 구멍가게가 문을 열기에는 이른 시각이었다. 전에는 새벽일을 나가는 건설 노동자들과 맞닥뜨리고는 했는데, 요 사이에는 그런 일도 뜸했다. 장 씨라는 노인과 도현이라는 젊은이가 그랬던 것처럼 인철 역시 이 건물에 불이 켜진 것을 확인한 유일한 목격자가 될 수밖에 없었다.

인철은 마음을 단단히 먹고 안으로 들어섰다. 가림막 뒤로 돌아가자 의자에 앉아 턱을 괸 채 그림을 응시하는 남자가 보였다. 남자는 인철을 향해 고개도 돌리지 않은 채 말했다.

"아들을 죽음으로 내몬 아비의 심정이 어땠을까요?"

인철은 직감했다.

'사람이 아니다.'

인철의 꿈속으로 찾아와 우두커니 머물다 가는, 때로는 캄캄한 바다의 물결 위로 환영처럼 떠오르는, 선창가로 향하거나 집으로 돌아갈 때 어둠 속에서 자신을 앞서 걸어가다가 이내 사라지는 한 쌍의 남녀……. 인철은 그들의 얼굴을 본 적이 없었다. 정면을 마주할 때에도 그들의 얼굴 부분만은 항상 흐릿했다. 처음 그들이 꿈속에 찾아오고 시시때때로 감방 벽에서 튀어나올 때, 인철은 두려움에 벌벌 떨었다. 하지만 시간이 지나면서 그들에게 익숙해졌다. 아니, 그 순간은 그들에게 용서를 구할 좋은 기회였다. 하지만 그들은 인철이 말이라도 걸라 치면 연기처럼 사라졌다. 인철은 지금 자기 앞에 앉아 있는 젊은 사내가 그들과 같은 존재임을 곧바로 알아차렸다.

남자가 일어섰다. 그는 여전히 눈길을 그림에 둔 채 그림에 다가가며 말했다.

"러시아 화가 일리야 레핀이 그린 〈이반 뇌제와 그의 아들 이반〉입니다. 이반 뇌제(Ivan the Terrible)는 러시아 최초로 '차르'라는 호칭을 쓴 황제입니다. 러시아를 통일하고 중앙 집권 체제를 강화하며 영토를 확장하는 과정에서 엄청난 학살을 저질렀습니다. 때문에 후세 사람들은 그를 공포 정치와 철권통치를 상징하는 '뇌제(雷帝)'라고 불렀죠. 그의 정식 명칭은 '이반 4세'입니다."

인철이 그림을 보았다. 생명의 불씨가 꺼져 가는 한 남자를 안은 늙은이가 어쩔 줄 몰라 하는 장면이었다. 피를 흘리는 젊은이는 늙은이의 품에 안겨 있지만 마지막 힘을 짜내어 그에게서 벗어나려는 듯 보였다. 슬픔과 회한, 분노, 두려움이 한 장면에 응축되어 있었다. 그는 그림을 보며 꽤 오랜 시간 내면 깊은 곳으로 가라앉았던 감정들이 일시에 수면 위로 떠오르는 것을 느꼈다.

인철이 떨리는 목소리로 물었다.

"아버지가 아들을 죽인 겁니까?"

남자가 인철의 얼굴을 살피며 대답했다.

이반 뇌제와 그의 아들 이반 [Ivan the Terrible and His Son Ivan on November 16th, 1581]
일리야 레핀, 1885
캔버스 유화, 254×195.5cm
러시아 모스크바, 트레티야코프 미술관

"결과적으로는 그렇게 되었습니다. 이 일이 있은 뒤 오래지 않아 아들인 이반 황태자는 세상을 떠났으니까요. 왜 이런 일이 벌어졌는지, 실제로 이 일이 있었는지에 대해서는 정확하게 알려진 것이 없습니다. 다만 정치적으로 이견을 보인 황태자의 태도에 화를 참지 못한 이반 4세가 황태자를 살해하는 데 관여했다는 사실에는 대체로 합의를 하고 있습니다."

인철은 미술관 안을 둘러보았다. 출입구 쪽을 제외한 3개의 벽면에 그림이 걸려 있었다. 하지만 나머지 2개의 벽에는 조명이 닿지 않아 어떤 그림이 걸려 있는지 알 수 없었다. 천정의 핀 조명이 향하는 곳만이 어둠 속에서 빛의 통로를 만들고 있었다. 전기 공급이 끊긴 건물에서 만들어진 어둠 속의 불빛. 인철은 지금 그림을 비추고 있는 그 빛이 전깃불이 아니라, 인간의 상식으로는 생각해 낼 수 없는 방법으로 만들어진 빛일 거라고 생각했다. 왜냐하면 자신이 일을 마치고 돌아가는 새벽에 맞추어 문을 연 미술관이 현실일 수는 없기 때문이었다. 그는 가림막에 적혀 있는 글을 떠올렸다.

때때로 그림은 창작자가 아니라
자신을 바라보는 사람의 이야기를 한다.

이 모든 일이 우연일 수는 없었다. 무엇보다도 지금 벽에 걸려 있는 그림은 인철이 평생 짊어지고 살아야 할 마음의 짐과 거기에 얽혀 꼬리에 꼬리를 물고 일어나는 모든 감정들을 일시에 불러일으키는 장면을 담고 있었다.

"왜 이 그림이 지금 여기에 걸려 있는 겁니까?"

인철은 마음속에서 들끓기 시작하는 감정들을 주체하지 못해 조금씩 격앙되었다. 그의 물음에 미술관 남자가 고개를 저으며 대답했다.

"그건 나도 모릅니다. 내가 걸어 둔 것이 아니니까요."

미술관의 남자는 자신이 무슨 역할을 맡기 위해 이곳에 있는지 정확히 모르는 것 같았다. 인철은 도대체 이 시각 이곳에 이런 자리를 마련하고 자신과 남자를 초대한 존재가 누구인지 궁금했다.

인철의 격앙된 감정과 혼란스러운 머리에 아랑곳없이 남자가 설명을 이었다.

"일리야 레핀이 이 그림을 그린 때는 1885년입니다. 이 그림의 영어 제목은 'Ivan the Terrible and His Son Ivan on November 16th, 1581'입니다. 영어 제목에 의하면 그림 속의 일은 1581년 11월 16일에 일어났습니다. 레핀은 왜 300년 전의 일을 화폭에 담았을까요? 레핀이 작품 활동을 하던 당시 권력을 둘러싼 암투로 인해 러시아 전체가 피로 물들었기에 그는 권력을 향한 광기의 허망함을 꼬집기 위해 이 그림을 그렸을 겁니다. 권력을 강화하기 위해 수많은 정적을 죽음으로 내몰고 양민을 학살한 대가가 과연 무엇이었냐고 묻고 있는 거죠."

인철은 눈을 감았다. 오래전에 일어난 불행한 사건이 머릿속에 떠올랐다.

그는 그렇게 하는 것이 아들 영채를 위한 길이라고 믿었다. 둘째인 딸 영주에게는 비교적 관대한 편이었지만, 첫째인 아들에게는 항상 엄격했다.

"내가 서울에 아파트라도 한 채 장만하고 너희들 공부시키는 게 무엇 덕분인 줄 아느냐? 악착같이 살았기 때문이다. 남자는 근성이 중요해. 무슨 일이든 악착같이 해내야만 이 험한 세상에서 살아남을 수 있어."

인철 역시 아버지에게서 그렇게 배웠다. 빈농의 자식으로 태어나 일찌감치 고향을 등지고 도시로 향했던 그의 아버지는 온갖 궂은일을 하며 아끼고 아껴서 겨우 서울에 살림을 마련했다. 근검절약이 몸에 밴 아버지는 자식에게 대단히 인색하고 엄했다. 성장하는 동안 인철은 억압적인 집안 분위기에 숨이 막힐 것 같았지만, 성인이 된 그는 어느새 아버지를 그대로 닮아 있었다.

다른 점이 있다면 자식을 집안의 노동력으로 보았던 아버지와 달리 인철은 아들 영채가 출세하기를 바랐다는 것이다. 공부도 잘하고 운동도 잘해야 했다. 성적이 떨어지면 불같이 화를 내고 매를 들었다. 친구들에게 맞고 들어온 날에는 너도 상대 아이의 코피를 터뜨리고 오라며 밖으로 내쫓았다. 그렇게 강하게 키우는 것이 아들을 위한 길이라고 철석같이 믿었다. 그랬는데, 아들 영채는 중학교 1학년 때 아버지처럼 살기 싫다는 유서를 남기고 아파트 7층에서 뛰어내렸다. 천행으로 화단의 나뭇가지에 걸린 덕분에 목숨을 구했지만 골반 뼈가 으스러지는 바람에 불구가 되었다. 평생 다리를 절어야 한다는 의사의 소견을 들은 날부터 인철은 술독에 빠져 살았다. 절름거리는 모습을 볼 때마다 '병신 새끼'라며 욕을 퍼부었다. 아들이 강인하고 능력 있는 남자가 되기를 바랐던 인철에게 영채는 '실패작'이었다.

그 실패작이 어떻게 했던가? 영채는 험한 일을 겪고도 용기를 잃지 않았다. 그 사건이 영채의 정신을 더 높은 곳으로 올려놓은 것 같았다. 재활 치료에 부지런히 매달렸고, 공부도 열심이었다. 그런 모습을 대할 때마다 인철은 서럽고 안타까워서 더 술을 마셨다. 자신의 경험과 시각으로 아들의 삶을 구속하고 예단하려 했다는 자책감에 한없이 작아질 때면 오히려 더 화를 냈다.

인철은 그림 앞에서 눈물을 흘렸다. 오랫동안 참았던 울음이 한꺼번에 터지고 말았다. 그렇게 얼마나 울었을까? 미술관 남자의 음성이 들려왔다.

"다시 뵙게 되기를 바랍니다."

인철은 터벅터벅 건물을 나섰다. 꽤 긴 시간 그곳에 있었던 것 같은데, 여전히 거리는 어둠에 잠겨 있었고, 온 동네가 깊은 잠에 빠져 있었다. 마치 모든 것이 정지되어 있었던 것 같았다.

인철은 건물 쪽을 돌아보았다. 불이 꺼져 있었다. 인철은 새벽하늘을 보며 심호흡을 했다. 조금 전의 그 일이 실제로 있었던 것인지, 아니면 자신의 마음속에서 일어난 일인지 종잡을 수 없었다. 눈물이 채 마르지 않아 눈앞이 흐렸다. 그는 물속을 헤엄치듯 흐느적흐느적 걸음을 옮겼다.

●

그날 이후로 인철은 뱃일을 하다가 넋을 놓기 일쑤였다.

"황 형, 정신 차려!"

선장의 호통이 떨어지면 먼 곳으로 달아났던 의식이 급작스럽게 인철의 몸으로 돌아왔다. 그때마다 인철은 지금 자신이 어디서 무얼하고 있는지 생각나지 않아서 잠시 헤매었다.

"그러다 그물에 빨려 들어가기라도 하면 어쩌려고 그래요?"

눈을 부라리는 선장에게 고개를 주억거려 보이고는 일에 집중했다. 아닌 게 아니라 바다에서는 한 순간만 정신을 놓아도 큰일을 당할 수 있었다.

그렇게 며칠을 보낸 뒤, 뱃일을 끝내고 새벽밥을 먹을 때 선장이 인철에게 말했다.

"향수병이오. 황 형, 며칠만이라도 집에 다녀오는 게 어떻겠소?"

집이라……. 인철은 고개를 저었다. 선장이 말을 이었다.

"생각해 보니, 지난 삼 년간 내가 너무 무심했소. 넉넉하게 휴가를 드려서 고향에 다녀오시라고 했어야 했는데. 반성하고 있습니다."

인철은 다시 고개를 저으며 말했다.

"선장이 안 보내 준 것이 아니라, 내가 안 간 거예요. 아내나 아이들 입장에서는 나를 안 보는 게 편할 겁니다. 식구들한테 잘못한 게 너무 많아요."

선장이 반주로 나온 소주를 들이켠 뒤에 그 말을 받았다.

"서울에서 올림픽이 열린 1988년이었어요. 그때 중학생이었죠. 올림픽을 축하하는 사전 행사로 프레올림픽이 열렸는데, 거기에 일본의 소녀대라는 걸그룹이 온다는 거예요. 그때 내가 그 그룹에 푹 빠져 있었거든. 안 보면 평생 후회할 것 같아서 시장에서 장사를 하는 어머니의 전대에서 돈을 훔쳐다가 친구 한 놈이랑 서울로 튀었어요. 신났죠. 공연을 보고 나서 시외버스를 타고 집으로 돌아가는데 도저히 어머니 얼굴을 볼 자신이 없는 거예요. 그래서 친구는 보내고 나는 대전쯤에서 내렸어요. 그 길로 영원히 사라질 생각이었죠. 그런데 중학생이 뭘 해요? 몇 날 며칠 걸어서 집으로 향하며 마음속으로 어머니에게 용서를 빌었어요. 걷다가 날이 지면 비닐하우스 같은 데

숨어 들어가서 자고 새벽에 다시 걷고 그랬어요. 서울로 간 지 일주일쯤 지나서 동네에 이르렀는데, 그야말로 난리가 난 거예요. 동네 어르신들이 거지꼴을 하고 있는 나를 발견하고는 집에 끌고 갔어요. 맞아 죽을 각오를 하고 있었는데, 어머니는 나를 부둥켜안고 울기만 했어요. 울음을 그치시고는 장에 나가서 고기를 사다가 고깃국을 끓여 주더군요. 밥을 먹으면서 얼마나 울었는지 몰라요. 햐, 그런데 밥은 또 왜 그리 맛있던지."

잠시 말을 끊었던 선장이 소주 한 잔을 입에 털어 넣고는 말을 이었다.

"황 형, 잘못한 사람은 자신의 잘못만 생각하지만, 부모나 가족은 그 사람의 잘못이 아니라 그 사람을 생각합니다. 황 형이 무슨 잘못을 했는지 알 수 없지만, 가족들 마음은 다 비슷할 거예요. 황 형이 건강하게 지내길, 언젠가 집으로 돌아오기를 바라고 있을 겁니다."

선장이 소주를 마저 들이켜고 일어서며 말했다.

"계획이 잡히면 알려 줘요. 나하고 아내도 그 참에 휴가 좀 떠나 볼 테니까."

●

며칠 뒤, 바다에 나가지 않은 일요일에 인철은 오랜만에 외출을 했다. 이 도시에 온 지 3년이 되도록 그는 딱히 돌아다녀 본 적이 없었다. 며칠 동안 혼란스러웠던 마음을 추스르기 위해 아침잠을 물리치고 길을 나섰다. 시민들이 자랑으로 여기는 동네 부근의 영달산에 올라 도시를 내려다보았다. 표지판에는 오래전부터 이 산이 영혼들이 거쳐 가는 곳으로 여겨졌으며 영달산이라는 이름의 뜻풀이 역시 '영혼이 거쳐 가는 산'이라고 적혀 있었다. 인철이 사는 동네의 명칭은 영달산에 가져온 것이었다. 그렇다면 영달동은 '영혼이 거쳐 가는 동네'가 된다. 그는 며칠 전 그 기이한 미술관에서 보았던 젊은 사내 역시 이곳을 거쳐 가는 영혼 중의 하나일 거라고 생각했다.

산을 내려온 뒤 인철은 큰 재래시장에 가서 국밥을 먹었다. 해상케이블카를 타 볼까 했지만 탑승료가 비싸서 포기했다. 대신 매표소 앞에 놓여 있는 관광지도와 관광 안내 책자를 얻었다. 어디를 가 볼까, 관광지도를 들여다보던 그는 자신이 머물고 있는 동네에 명소가 많다는 사실을 알고는 적이 놀랐다. 매일 무심히 지나쳤던 낡은 건물들이 100년이 넘는 시간을 견딘 문화 유적이었다.

인철은 안내 책자가 가리키는 대로 따라 걷다가 일제 강점기 때 유명한 백화점이었다고 소개된 건물 앞에 섰다. 그 건물은 며칠 전 새벽에 자신을 홀린 미술관이 열렸던 바로 그곳이었다. 그날 이후 인철은 저녁과 새벽에 그 앞을 지나면서 건물 안을 살펴보았지만, 캄캄한 어둠만이 도사리고 있을 뿐이었다. 그는 헷갈렸다. 정말로 그 일이 있었던 걸까? 그는 그때 보았던 그림의 제목을 입에 올려 보았다.

"이반 뇌제와 그의 아들 이반."

전에 그 그림을 본 적이 없으니, 인철이 그림의 제목을 알 리 없었다. 그 그림에 대한 기억과 제목이 그날 일이 실제로 일어났음을 증명하고 있었다.

인철은 건물 쪽으로 다가갔다. 그 순간, 으스스 소름이 돋는 것을 느끼고 흠칫했다. 그는 자신의 몸이 그렇게 반응하는 이유를 잘 알았다. 부지불식간에 서늘한 기운이 정수리부터 발뒤꿈치를 관통하고 나면 어김없이 신혼부부의 혼령이 눈앞에 아른거렸다. 그들은 딱히 인철에게 해코지할 의향을 보이지 않은 채 안개처럼 나타났다가 사라지고는 했다. 그들의 출현을 인철은 지난날의 과오를 잊지 말라는 뜻으로 받아들였다. 그리고 언젠가 그들과 통할 날이 온다면 무릎을 꿇고 사죄하고 싶었다.

인철은 주변을 둘러보았다. 하지만 신혼부부의 혼백은 보이지 않았다. 그는 이상한 생각이 들어 사방으로 눈길을 던졌다. 어스름이 서서히 깔리기 시작했으나, 아직 해가 진 것은 아니었다. 시계는 오후 4시 7분을 가리켰다. 겨울의 초입이어서 나날이 기온이 떨어진 탓에 요 며칠 거리가 더욱 한산하기는 했으나, 그날따라 너무도 조용했고 어떠한 움직임도 포착되지 않았다. 공기의 흐름조차 멈춘 듯했다.

불현듯 어떤 깨달음이 인철의 머리를 때렸다.

'미술관이 문을 열었구나.'

인철은 두근거리는 가슴을 진정시키며 건물 1층의 유리문 너머를 살펴보았다. 역시나 예상대로 내부에 불이 켜져 있었다.

가림막 뒤로 돌아가자 맞은편 벽에 걸린 그림 한 점이 천정의 조명을 받고 있었다. 수척하고 야위며 약간 겁에 질린 듯 보이는 사내가 어색한 표정으로 서 있었다. 사내는 얼굴빛이나 코트의 색깔이 어두운 탓에 밝은 실내에 섞이지 못하고 있었다. 그림 속에는 모두 7명의 인물이 있는데, 사내를 반기는 사람은 등을 보인 채 엉거주춤 일어선 여자와 구석의 남자아이뿐이었다.

"전에 보신 〈이반 뇌제와 그의 아들 이반〉을 그린 일리야 레핀의 그림입니다."

아무런 인기척 없이 어느새 미술관 남자가 곁에 서 있었다. 인철은 남자를 돌아보지 못한 채 얼어붙은 상태로 그림을 응시했다. 그는 생각했다. 저이는 자신이 어떤 존재인지 알까?

"그림 속의 장면이 어떤 상황인지 제게 설명해 주시겠습니까?"

남자의 물음에 인철은 마음속의 의문을 털어 내고 생각나는 대로 답했다.

"이 집은 저 사내의 집일 겁니다. 문 쪽에 서 있는 두 여자는 아마도 이 집의 하녀인 듯한데, 사내를 처음 본 것 같아요. 자리에서 일

아무도 기다리지 않았다 [They did not expect him / Unexpected Visit]
일리야 레핀, 1884~1888
캔버스 유화, 167.5×160.5cm
러시아 모스크바, 트레티야코프 미술관

어서서 뒷모습을 보이고 있는 여자가 그의 아내인가요? 상복을 입고 있는 것으로 보아 지금껏 남편이 죽었다고 생각한 모양이네요. 테이블에 앉아 있는 여자아이와 남자아이는 두 사람의 자식이겠죠? 저기 피아노 앞에 앉은 여자는 큰딸이거나 사내의 처제일지도 모르겠네요. 전쟁이 있었던 겁니까? 무슨 일인지는 모르지만, 사내는 가족에게 생사도 전하지 못한 채 오랫동안 떨어져 있다가 이제야 집에 찾아온 것 같습니다."

그렇게 말하고 나서 인철은 미술관 남자 쪽으로 조심스럽게 고개를 돌렸다. 남자는 흡족한 듯 미소를 머금은 채 고개를 끄덕였다. 그가 입을 열었다.

"이 그림의 제목은 〈아무도 기다리지 않았다〉입니다. 영어로는 'They did not expect him' 또는 'Unexpected Visit'입니다. 제 생각에는 한글보다는 영어 제목이 그림을 더 잘 설명해 주는 것 같아요. 화가가 의도한 것은 정말로 저 사내를 기다린 사람이 아무도 없었다는 게 아니라, 사내가 살아 돌아오리라고 기대한 사람이 아무도 없었다는 의미일 테니까요."

그림 속 사내의 정체에 관한 힌트는 문 옆에 걸려 있는 2편의 초상화에서 얻을 수 있다고 미술관 남자가 설명했다. 왼쪽에 있는 초상화의 주인공은 타라스 셰브첸코이고, 오른쪽은 니콜라이 네크라소프다. 두 사람 다 차르와 귀족의 압제에 고통받는 농민과 민중을

타라스 셰브첸코(왼쪽)와 니콜라이 네크라소프(왼쪽)

계몽하는 일에 참여한 혁명가이자 시인이었다. 당연히 정부의 탄압을 받았고, 셰브첸코는 강제 노역형에 처해져 10년 동안 유배 생활을 해야 했다.

"초상화의 주인공들처럼 그림 속 사내 역시 차르 체제에 저항하다가 형무소 내지는 유배지에서 갖은 고생을 한 끝에 돌아왔을 겁니다. 대다수의 평론가들은 엉거주춤 서서 사내를 반기는 상복 차림의 여자가 그의 어머니이고, 피아노 앞에 앉아 있는 여자가 아내일 거라고 해석합니다. 살아 돌아온 가장을 맞는 집안의 분위기는 대체로 반가움보다는 당혹스러운 기운이 강합니다. 그런 가운데에도 어머니만이 아들을 반기고 있다는 거죠. 어렴풋이 아버지를 기억하는 어린 아들의 표정이 밝은 걸 보면 역시 남자끼리는 통하는 게 있나 봅니다."

인철은 그림 속 사내의 표정에서 집에 돌아온 안도감보다는 자신이 이 집에 받아들여질 수 있을지 어떨지 눈치를 살피는 비굴함이 느껴졌다. 분명 그는 이 집의 가장이지만, 그가 부재하는 동안 굳어진 집안의 질서를 해치는 존재이기도 한 것이다.

인철이 입을 열었다.

"저는 저 사내의 심정을 충분히 이해합니다. 제가 현관문을 열고 들어설 때면 집안은 급격히 냉랭해졌어요. 분명 아이들은 조금 전까지만 해도 엄마와 함께 거실에서 TV를 보았을 거예요. 그런데 내가 문을 열고 들어서면 아이들은 마치 적군이 침입하기라도 한 것처럼 서둘러 제게 인사를 건네고는 자기들 방으로 달아났어요. 그때마다 제가 가족의 평화로운 일상을 깨뜨린 훼방꾼이 된 듯해서 서러웠습니다. 아이들이 어릴 때부터 살갑게 대해 주지 못한 제 잘못이에요. 시간이 갈수록 거리감이 더욱 두터워졌습니다. 저는 그럴수록 아버지로서의 위엄을 세우려고 아들 영채를 더욱 윽박질렀죠. 그 모든 것을 되돌릴 수 있다면, 어떠한 희생이라도 치를 수 있을 것 같아요. 하지만 이제는 늦었어요. 저는 너무 멀리 와 버렸거든요."

말을 하면서도 인철은 자신의 행동이 낯설었다. 하지만 한 번 말문이 터지자 좀처럼 멈출 수가 없었다. 말을 마친 뒤 그는 왜 잘 알지도 못하고, 사람인지 아닌지도 불분명한 존재 앞에서 고백성사를 하듯 자신의 속을 털어놓았는지 이해할 수 없었지만, 내내 자신을 괴롭혀 온 마음의 짐 하나가 떨어져 나가는 것을 느꼈다.

잠자코 듣고 있던 미술관 남자가 말했다.

"글쎄요. 정말 너무 멀리 와 버린 걸까요? 그림을 보면서 가족을 떠올리는 사람이 어떻게 이제는 늦었다고, 너무 멀리 와 버렸다고 말할 수 있겠습니까? 선생님께서 가족을 그리워하듯, 가족들도 선생님을 그리워하고 있을 겁니다. 지금 유일한 문제는 가족들에게 환영받지 못할지도 모른다는 선생님의 두려움뿐입니다."

인철은 남자의 말을 부정할 수 없었다. 교도소에 있으면서 그는 집으로 돌아간 자신을 상상하고는 했다. 하지만 지난날 가족에게 쏟아부은 욕설과 폭력과 냉대와 억압에서 그는 자유로울 수 없었고, 그동안 아무 일 없었다는 듯 가족과의 소소한 일상 속에 녹아들 자신도 없었다. 어머니에게 출소 날짜를 속이면서까지 도망친 데에는 그런 이유가 있었다. 복역을 하고부터 지금까지 7년, 짧지 않은 시간이 흘렀건만 그는 과거의 자신과 냉랭하던 집안 분위기에 여전히 갇혀 있었다.

"선생님께 보여 드리고 싶은 그림이 한 편 더 있습니다."

미술관 남자가 가림막의 왼쪽 벽으로 다가가 스위치를 켰다. 기독교 성서의 한 장면으로 짐작되는 그림이 나타났다. 인철은 〈이반 뇌제와 그의 아들 이반〉, 〈아무도 기다리지 않았다〉를 차례로 훑어보았다. 첫 번째 그림에서 인철은 이반 뇌제였고, 두 번째 그림에서는 생사의 갈림길에서 돌아온 초라한 가장이었다. 세 번째 그림에서 나는 누구일까? 인철은 수염 난 노인의 품에 자신을 맡긴 까까머리 거지일 거라고 짐작했다.

"서양 미술의 위대한 화가로 꼽히는 렘브란트의 그림 〈탕자의 귀환〉입니다. 그림의 장면은 성경에 나오는 예수의 유명한 비유인 '돌아온 탕자'에서 따 왔죠. 작은아들은 아버지를 졸라서 미리 받아낸 유산을 온갖 방탕한 생활을 일삼으며 탕진합니다. 그는 돼지를 치며 사료로 굶주림을 달래고자 했지만 그 천한 일마저 주어지지 않았습니다. 결국 그는 아버지에게로 돌아갑니다. 렘브란트는 거지꼴을 하고 돌아온 아들을 품에 안은 아버지의 모습을 통해 부정(父情)의 진한 감동을 전하고 있습니다."

미술관 남자가 그림에 더 가까이 다가간 뒤에 말을 이었다.

"그림에는 하이라이트(highlight)라고 부르는 부분이 있습니다. 배

탕자의 귀환 [The Return of the Prodigal Son]
렘브란트 반 레인, 1669
캔버스 유화, 205.1×264.2cm
러시아 상트페테르부르크, 에르미타주 미술관

경에 비해 두드러지는 색깔을 배치하여 관람자의 시선을 집중시키는 거죠. 푸른 바다나 초록의 산 속에 있는 빨간색이라든지, 밝은 화면 속의 검은 형태 등을 예로 들 수 있어요. 렘브란트의 경우, 어둠 속에 흰색과 밝은 색을 써서 대비시킴으로써 하이라이트를 표현합니다. 그래서 렘브란트를 일러 '빛의 화가', '빛과 어둠의 마술사'라고 부릅니다. 그는 그림 속에 구현한 빛을 통해 의도하고자 하는 그림의 주제를 선명하게 부각시킵니다."

〈탕자의 귀환〉에서 하이라이트는 아들을 감싸고 있는 아버지의 손이다. 오매불망 아들을 기다리느라 몸이 쇠약해지고 눈도 희미하지만, 아들을 감싼 손은 부드러우면서도 힘이 있다. 아버지의 손은 아들의 모든 허물을 감쌀 뿐 아니라 곁에 서 있는 큰아들의 시기마저 덮어 버린다. 아버지는 탕자인 작은아들에게 마지막 남은 기력을 모두 쏟아붓고 있다.

"그런데 그림 속 아버지의 오른손과 왼손의 느낌이 다르지 않나요?"

남자의 말에 인철은 손을 유심히 들여다보았다. 미술관 남자의 설명이 이어졌다. 오른손은 부드럽고 연약해 보인다. 여성, 즉 어머니의 손이다. 아들의 등에 살포시 얹어 위로와 용서를 전한다. 반면에 왼손은 힘줄이 서고 크다. 아버지의 손이다. 다시는 아들을 잃지 않겠다는 듯 어깨를 끌어당기고 있다.

"칸트는 '손은 튀어나온 뇌'라고 말했어요. 우리가 대화할 때 손동작을 곁들이는 것은 마음과 생각을 더 잘 전달하기 위해서죠. 멈추어 있는 장면을 담는 회화에서도 인물의 손은 대단히 중요한 역할을 합니다. 라파엘로와 루벤스 같은 대가들은 작업을 할 때 공방의 제자들에게 그림을 맡기는 경우가 더러 있었지만, 마무리 단계에서 손과 눈은 반드시 직접 그렸다고 합니다. 화가는 눈과 손을 통해 자신이 창조한 인물의 내면을 관람자에게 내보이고, 관람자들 역시 눈과 손을 통해 인물의 감정에 동화되는 겁니다."

렘브란트의 그림에서 대부분의 하이라이트는 그림 속 등장인물의 손에 포커스가 맞추어져 있다. 그는 손이라는 매개를 통해 관람자를 자신의 예술 세계 속으로 끌어들이는 것이다. 때문에 렘브란트에게는 '서양 미술 역사상 손을 가장 잘 그린 화가'라는 평가가 따른다. 이는 그림을 통해 감정을 가장 잘 전달한 화가가 렘브란트였다는 뜻이기도 하다.

"이번에는 품에 안긴 아들을 보십시오. 머리카락이 잘린 게 마치 죄수나 포로 같습니다. 헤진 옷과 닳아 버린 신발, 발바닥의 상처가 그의 삶이 얼마나 힘들었는지 말해 주고 있습니다. 그런데 허리춤에는 남루한 외모에 어울리지 않는 칼 한 자루가 걸려 있습니다. 굶주리면서도 칼은 팔지 않았나 봅니다. 칼은 예로부터 귀족을 상징했어요. 작은아들은 지난한 시간을 거치는 동안에도 가문과 아버지 그리고 자신을 연결하는 그 끈만큼은 놓지 않았던 거예요."

솔직히 인철은 아버지를 향한 애틋함이 별로 없었다. 아버지는 늘 고압적이었고 가족의 희생을 요구했다. 10원 한 장 가족을 위해 흔쾌히 쓴 적이 없는 자린고비이기도 했다. 인철은 왜 그렇게 아버지가 각박하게 살았는지 이해할 수 없었다. 아버지의 근검절약에는 훗날의 영화를 위해 오늘을 희생한다는 미래지향적인 가치가 있던 것도 아니었다. 서울에 마련한 집의 시세가 오르고 고향에 두고 온 황무지 같았던 땅이 개발 정책에 맞물려 금싸라기 땅으로 변했지만, 인철의 아버지는 죽는 날까지 가난하게 살았다. 스스로 선택한 청빈이 아니었다. 지극히 궁상맞기 짝이 없는 삶이었다. 그러다가 단 한 번도 호사를 누리지 못한 채 세상을 떠났다. 도대체 왜 그렇게 살아야 했을까?

다만 인철은 자신의 아버지 나이에 접근해 가면서 어렴풋이 깨닫게 된 것이 있었다. 가족의 희생까지 강요하며 아끼고 아껴서 만든 유형의 자산이 아버지에게는 존재 의미이자 자신과 후대를 이어 주는 연결 고리가 아니었을까 하는 점이다. 아버지는 자신이 이룩해 놓은 터전 위에서 아들을 비롯한 후손들이 잘살기를 바랐을 것이고, 오랫동안 기억되기를 원했을 것이다. 그런 생각을 하자 인철의 가슴에 공허함이 밀려왔다. 어린 시절의 그는 많은 재산을 물려주는 부자가 아니라 의지하고 따를 아버지가 필요했다. 하지만 아버지는 군대의 하급자 내지는 직장의 부하 직원에게 하듯 아들을 대했다. 어른이 되었을 때 인철은 그토록 혐오했던 아버지의 모습을 그대로 닮아 있었다. 그리고 아버지가 아들과 아내에게 수많은 상처를 주면서까지 지키고자 했던 부(富)는 인철이 사업에 실패하면서 몽땅 사라지고 말았다. 어린 시절 인철의 집안을 질식하도록 만들었던 인내와 억압과 희생은 참으로 허무하기 짝이 없는 것이었다.

인철은 아들 영채가 생각났다. 항상 겁에 질린 표정으로 자신의 눈치를 살피던 여린 생명⋯⋯. 인철은 교도소에 있는 동안 아들에게 엄한 선생이나 조교가 아니라 아버지가 되어야 했다고 후회하며 피눈물을 흘렸다. 그리고 그는 어머니를 떠올렸다. 자식에게 모든 것을 내어주고 궁핍하게 혼자 살고 있을 어머니에 생각이 이르자, 그의 눈에서는 뜨거운 눈물 한 줄기가 흘러내렸다.

꽤 오랫동안 침묵을 지키고 있던 미술관 남자가 입을 열었다.

"렘브란트는 굴곡진 인생을 살았습니다. 패기만만하고 자신감 넘쳤던 젊은 시절과 세인의 존경을 받으며 사치스럽게 지낸 중년 시기를 지나 노년기에는 가족과 재산을 잃고 비참하게 살아야 했습니다. 그는 63년 평생 동안 가감 없이 자신의 모습을 자화상으로 남겼습니다. 젊은 시절부터 노년에 이르는 40편의 자화상은 시간 순서에 따라 상승 곡선을 그리다가 추락했던 그의 생애를 솔직하게 보여 주고 있습니다. 〈탕자의 귀환〉은 그의 인생 마지막 해에 그린 그림입니다. 탕자와 같이 살았던 렘브란트는 모든 것을 다 잃고 난 뒤에 아버지 하느님의 품으로 돌아가고자 하는 바람을 이 그림에 담았을 것입니다. 하지만 끝내 그는 이 그림을 완성하지 못했어요. 나머지 부분은 이 그림을 감상하는 우리의 몫으로 남겨 두지 않았나 하는 생각이 들고는 합니다."

미술관 남자가 인철을 돌아보며 말을 이었다.

"선생님께서 이 미술관을 찾아오게 된 이유가 있을 거예요. 아마도 선생님께서 그 이유를 가장 잘 아시리라 생각합니다. 앞으로 좋은 일이 가득하기를 빕니다."

미술관 남자가 인철에게 손을 내밀었다. 인철은 그제야 남자의 얼굴을 똑바로 바라보았다. 30대 초반 정도의 나이에 인상이 선한 사람이었다. 왠지 모르게 낯이 익었으나, 결코 알고 지내는 이는 아니었다. 인철은 다소 떨리는 심정으로 남자의 손을 잡았다. 체온이 느껴졌다. 분명 몸 안에 피가 도는 살아 있는 사람의 손이었다. 인철은 이 모든 일이 영원히 수수께끼로 남을 것이라고 생각했다.

●

미술관을 나선 인철은 어스름이 내리고 있는 거리에 시선을 두었다. 차가운 공기가 볼과 귀를 핥았고, 낙엽들이 바람을 따라 몰려다녔다. 인철은 손목시계를 들여다보았다. 4시 9분이었다. 그는 돌아서서 건물의 유리문 너머를 보았다. 그의 예상대로 미술관은 사라지고 없었다.

훈철이 담배를 피우기 위해 가게 밖으로 나왔다가 보안등 맞은편 건물 앞에 서 있는 인철을 발견하고 소리쳤다.

"어이, 인철이! 거기서 뭐하는가?"

인철이 훈철을 향해 걸어갔다. 훈철은 인철의 얼굴을 살핀 뒤에 장난스럽게 물었다.

"왜? 자네도 그 건물에서 불빛을 본 건가?"

인철은 알 듯 모를 듯한 미소로 훈철의 질문을 받아넘겼다. 인철이 말했다.

"형님, 가게에 편지지랑 봉투도 팝니까?"

"응, 있지."

인철은 편지지와 봉투를 사서 집으로 돌아가 바닥에 배를 깔고 엎드린 채 편지를 썼다. 군대에 있을 때 어머니에게 쓴 이후로 처음 쓰는 편지였다. 펜을 손에 쥔 것도 너무 오랜만이어서 글씨가 삐뚤빼뚤했다. 썼다가 구기기를 반복했다. 그렇게 10장 가까운 파지를 내고서야 겨우 아들 영채에게 보내는 편지를 완성했다. 그는 그걸 들고 다시 훈철의 구멍가게로 향했다. 다행히 훈철이 가게 문을 닫기 전이었다.

"형님, 이것 좀 부쳐 주시겠어요? 우체국이 어디 있는지도 모르고, 제가 일하는 시간이 애매해서요. 부탁드립니다."

영문을 모르는 훈철이 말했다.

"요즘도 편지 쓰는 사람이 있나? 전화 한 통이면 금방 해결될 것을 말이야."

훈철이 편지 봉투에 적힌 주소를 슬쩍 훑어보고는 말을 이었다.

"집에 보내는 건가? 알았어. 내가 대신 부칠 테니 염려 마."

"고맙습니다, 형님."

인철은 밖으로 나서서 미술관 쪽을 바라보았다. 보안등이 깜빡거리고 있었고, 맞은편 건물이 불빛에 따라 나타났다가 어둠 속으로 사라지기를 반복하고 있었다.

'도현이 그 친구도 미술관에 간 걸까?'

그는 아마도 그랬을 거라고 짐작했다.

인철은 집으로 향하면서 편지의 끝부분을 머릿속에 떠올렸다.

먼 곳에서 이 아버지는 너의 건강과 행복을 빌고 있단다. 지금도 그렇지만, 그때도 너는 나의 귀하고 소중한 아들이었다. 하지만 예전에는 사랑하는 법을 몰랐어. 이 못난 아버지를 용서해 다오.

달이 밝았다. 같은 달 아래에 그리운 아내와 아이들과 어머니가 있을 거라고, 어쩌면 그들 중 누군가가 지금 달을 올려다보고 있을지도 모른다고 생각하자 그리움이 더욱 사무쳤다. 인철은 편지의 마지막 문장을 입에 올렸다.

"이 못난 아버지를 용서해 다오."

●

월요일 오후, 도현이 편의점에 가기 위해 집을 나서서 구멍가게 앞을 지날 때였다. 훈철이 도현을 불러 세웠다.

"이봐, 도현이, 잠깐 나 좀 보고 가지."

훈철이 도현에게 편지 봉투를 내밀었다.

"이것 좀 부쳐 줄 수 있겠나? 편의점 부근에 우체국이 있는 걸로 알고 있는데."

서울 주소가 적혀 있었고 수신인은 '황영채'라는 사람이었다. 발신인 란은 비어 있었다.

"보내는 사람이 누구죠?"

"거 있잖아, 뱃일 하는 인철이. 황인철."

"보내는 사람 주소가 있어야 하는데……."

"그래?"

잠시 생각에 잠겨 있던 도현이 말했다.

"일단 저희 집 주소를 적어 둘게요. 답장이 오면 전해 드리면 되니까."

"그래, 그러면 되겠네."

도현은 자기 집 주소를 적고 발신인 이름은 '황인철'이라고 썼다. 그는 우체국에 들러 편지를 부치고 편의점으로 향했다.

편의점이 있는 거리는 유동 인구가 많은 번화가였지만, 기온이 뚝 떨어진 탓에 한산했다. 본격적으로 겨울이 시작하는 초입이었다. 아직 추위에 적응하지 못한 사람들이 외출을 꺼린 듯했다. 이제 며칠만 지나면 두꺼운 겨울옷을 입은 사람들로 거리는 다시 북적일 것이다.

비교적 한가한 하루를 보내고 집으로 돌아가는 길이었다. 동네의 거리에 들어섰다. 달라진 것은 아무것도 없었다. 여전히 보안등은 깜빡거렸고, 거리 양쪽의 건물들은 어둠에 잠겨 있었다. 보안등 맞은편 건물 1층을 지날 때면 도현은 버릇처럼 그쪽을 힐끔거렸다. 지난번 어느 동네 주민들이 단체 관람을 하는 자리에 함께한 것이 마지막이었다. 이후로 미술관은 계속 침묵과 어둠에 싸여 있었다.

도현은 미술관에서 보았던 그림들을 한 편 한 편 떠올려 보았다. 〈아를의 침실〉 3편과 〈노란 집〉, 〈탕귀 영감〉, 〈창이 열린 실내〉, 〈잼 만들기〉, 〈겨울〉, 〈비 내리는 오크 숲〉, 〈작은 거리〉, 〈농가의 결혼식〉. 만약 그 그림들을 접하지 못했더라면, '김장 담그기' 같은 일은 생각해 내지 못했을 것이고, 여전히 동네의 거리는 적대적인 공간으로 남았을 것이다. 그러고 보니 미술관과 그 그림들이 도현이 나고 자란 고향을 새롭게 바라보는 마음을 심어 준 것이었다.

도현은 며칠 전 어머니가 작업하던 방으로 들어가 어릴 적 어머니의 무릎에 앉아 들여다보았던 미술책을 찾아냈다. 프랑스어로 된 책이었는데, 도현이 힐링 미술관에서 본 그림들이 모두 거기에 수록되어 있었다. 만약 그가 심리학자나 정신과 의사와 상담을 한다면, 그들은 도현이 겪은 일이 무의식이 빚어 낸 마음속 공간에서 일어난 일이라고 진단할지도 몰랐다. 그러나 영달동 미술관에는 그림만 있었던 것이 아니었다. 그림에 대해서 설명해 주던 도슨트 남자도 있었다. 도현은 하루에도 몇 번씩 도슨트 남자를 떠올리고는 했다. 너무나도 낯익고 친근했던 사람……. 그는 대체 누구였을까? 망망대해의 외딴 섬처럼 외롭고 불안하게 지내던 도현의 자의식이 만든 환상이었을까?

그는 아직도 미술관이 실재한 공간이었는지 자신할 수 없었고 자신에게 일어난 일을 이해할 수 없었다. 도현은 어느 누구에게도 말할 수 없는, 말한다 해도 쉽게 믿어 주지 않을 비밀을 가지게 되었지만, 그 모든 것들이 자신에게 어떤 가르침을 주기 위한 현상이었다는 점은 부정할 수 없었다.

미술관의 침묵이 길어지면서 도현은 한 가지 사실이 점점 분명해지는 느낌을 받았다. 다시는 그 미술관에 갈 수 없을 것이라는. 자신에게 주어졌던 그 3번의 기회가 다시는 찾아오지 않을 행운이었다는 생각이 차츰 굳어졌다.

●

토요일이었다. 도현은 현이네 분식에서 칼국수와 김밥으로 점심을 해결하고 옥탑방에서 책을 읽다가 초저녁에 까무룩 잠이 들었다. 그가 잠에서 깬 것은 해가 지고 난 뒤였다. 아련하게 귓속으로 파고드는 초인종 소리가 그의 잠을 깨웠다.

처음에 도현은 그 소리가 자기 집에서 나고 있다는 걸 인식하지 못했다. 찾아올 사람이 없었다. 고향 집에 돌아온 이후로 음식을 시켜 본 적이 없었고, 인터넷 쇼핑을 즐기지 않기 때문에 택배가 올 일도 없었다. 그래서 그는 잠결에 1층에서 울리고 있는 초인종 소리를 다른 집에서 나는 것으로 생각했다. 초인종이 계속 울리고 철제 대문을 두드리는 소리까지 더해지자 그제야 도현은 집을 찾아온 방문객이 있다는 사실을 알아차리고 겉옷만 대충 껴입은 채 현관으로 향했다.

문 밖에는 젊은 남녀 한 쌍이 서 있었다. 나이는 둘 다 스물 초중반 정도? 다소 긴장한 듯 보였다.

"어떻게 오셨어요?"

도현이 묻자 남자가 떨리는 목소리로 말했다.

"혹시 여기에 황인철이라는 분이 살고 있습니까?"

그러면서 젊은 남자가 편지 봉투를 도현에게 내밀었다. 지난 월요일에 구멍가게 훈철의 부탁으로 도현이 부친 바로 그 편지였다. 도현은 앞에 서 있는 두 사람이 누구인지 알 수 있었다. 순간, 가슴속에 묵직한 것이 들어앉으며 코끝이 찡했다.

도현이 두 사람에게 말했다.

"이 편지, 제가 부쳤어요. 아저씨 부탁으로 제가 부친 겁니다."

다음 날 새벽, 창선호의 불빛이 시커먼 바다를 천천히 가로질렀다. 밤새 어획한 것들을 어시장에 넘기고 배를 정박하는 선창가로 다가가는 중이었다. 이제 선장의 아내가 운영하는 횟집의 수족관에 물 좋은 놈들을 집어넣으면 하루 일과가 끝났다.

인철은 차디찬 바람을 맞으며 뱃머리에 앉아 있었다. 군데군데 서 있는 선창의 보안등과 가로등 불빛이 점점 가까이 다가왔다. 창선호와 마찬가지로 이제 막 뱃일을 끝내고 선창에 도착한 어선들에서도 환한 불빛이 뿜어져 나왔다. 그리고 그 불빛들 너머로 보이는 선장네 횟집에도 불이 밝혀져 있었다. 가끔 선장의 아내가 선장과 인철에게 새벽밥을 차려 주러 나왔기에 별다른 일은 아니었다.

선장과 인철은 배를 단단히 묶고 물고기와 해산물 따위를 챙겨 횟집으로 향했다. 그 길목의 가로등 아래에 웬 젊은 남녀가 서 있는 것을 보고 인철은 흠칫했다. 다른 사람과 함께 있을 때 신혼부부의 혼령이 나타난 것은 처음이었다. 인철은 일부러 걸음을 늦추었다. 앞서 걸어가던 선장이 그들을 지나친 뒤 인철은 늘 하던 대로 눈을 제대로 맞추지 않은 채 혼백을 향해 고개를 숙여 보였다. 그리고 지나치려던 찰나, 목소리가 들려왔다.

"아빠."

인철은 그대로 굳고 말았다. 두 눈을 부릅뜬 채 목소리가 들려온 쪽으로 천천히 고개를 돌렸다. 거기에 아들 영채와 딸 영주가 서 있었다.

딸 영주가 흐느끼며 인철에게 다가갔다. 품에 안기는 딸을 제대로 안지도 못한 채 인철은 엉거주춤 무방비 상태로 서 있었다. 그리고 딸의 어깨 너머로 영채가 다가왔다.

"아버지."

영채도, 영주도 말을 잇지 못하고 눈물만 흘렸다. 그것은 인철도 마찬가지였다.

선장이 멈추어 서서 인철을 돌아보며 미소 지었다. 곧 도현과 훈철이 인철에게 다가갔다. 횟집 쪽에서 선장의 아내가 소리쳤다.

"상 차려 놨으니까 얼른들 와요!"

영채와 영주가 있는 동안 동네에는 약간의 생기가 돌았다. 인철은 3일 동안의 휴가를 얻어 아들딸과 함께 도시를 돌아다니는 가벼운 여행을 했다. 영채와 영주는 인철의 집주인인 박 씨가 내준 빈 집에서 머물렀고, 식사는 현이네 분식과 선창호 선장 부인의 횟집에서 해결했다. 동네 주민들은 그들의 가족사에 범상치 않은 사연이 있음을 직감했지만, 아무도 알려고 하지 않았다.

수요일에 도현은 편의점에서 정현의 전화를 받았다.

"오늘 조금 일찍 올 수 없어?"

"나야 퇴근 시간이 정해져 있는데 어떻게 그래."

"암튼 퇴근하고 최대한 빨리 엄마 가게로 와."

퇴근하고 현이네 분식에 들어서자, 훈철과 인철, 정현과 그녀의 어머니, 그리고 어르신 몇 분이 있었다. 그날 저녁에 영채와 영주를 서울로 보낸 인철의 마음을 달래 주려고 동네 주민들이 마련한 자리였다.

인철이 도현에게 말했다.

"영채가 형님한테 고맙다고 전해 달라고 했어."

영채가 말한 '형님'이란 바로 도현을 두고 한 말이었다. 인철의 말이 이어졌다.

"도현이, 고마워. 애들이 온 날 애를 많이 썼다고 들었어."

"제가 뭘요? 여기 계신 분들이 하신 일이에요."

영채와 영주가 도현의 집주소를 보고 찾아온 날, 도현은 제일 먼저 훈철에게 도움을 구했다. 훈철은 인철의 집주인인 박 씨에게 전화를 걸었고, 인철이 뱃일에 나간 것을 안 박 씨는 선창호 선장의 부인이 하는 횟집으로 연락을 취했다. 선장의 아내는 무전기로 남편에게 연락을 해서 사실을 알렸다. 선장은 인철이 흥분할까 봐 사실을 숨기고 있다가 선창에서 가족이 상봉하도록 만들었다. 배가 들어오던 새벽에 훈철과 도현은 영채와 영주를 데리고 선창으로 향했고, 선장의 아내는 일찌감치 나와서 음식을 준비했다.

취기가 오른 훈철이 말했다.

"그렇게 예의바르고 착한 아이들을 두고 어찌 집을 떠났어? 자네도 참."

그 말에 인철은 알 듯 모를 듯한 미소만 짓다가 입을 열었다.

"앞으로 자주 왕래할 겁니다. 저는 여기서 건강하게 지내고, 아이들은 아이들대로 제 앞가림을 할 거고요. 봄이 오면 서울에 다녀올게요. 어머니도 뵙고, 아내도 만나고……."

11시 조금 넘어 모두 일어섰다. 모두들 각자의 집 방향으로 뿔뿔이 흩어진 뒤에 방향이 같은 인철과 도현이 나란히 걸었다. 길이 갈라지는 곳에 이르러 인철이 말했다.

"저기 말이야, 전에 자네가 불이 켜져 있는 걸 보았다던 그 건물."

도현이 걸음을 멈추고 인철의 얼굴을 보았다. 인철의 말이 이어졌다.

"거기에 불이 켜져 있는 것만 본 건가, 아니면 거기에 들어간 건가?"

"예?"

잠시 사이를 두고 인철이 도현과 눈을 맞추며 입을 열었다.

"영달동 미술관."

도현의 눈이 커졌다. 그의 반응을 보고 인철이 고개를 끄덕였다.

"자네도 거기에 갔던 거군. 그렇지?"

"아저씨도요?"

인철이 다시 고개를 끄덕이고 말했다.

"나는 그 일이 내 머리가 만들어 낸 망상이지 않을까 내내 의심했어. 하지만 아무리 생각해도 그럴 수가 없었어. 거기에서 본 그림들은 내가 전에 본 적이 없는 것들이었거든. 도현이 자네도 거기에서 그림을 보았나?"

도현은 여전히 놀란 표정으로 고개를 끄덕였다.

"그림 설명해 주는 남자도 만났고?"

도현이 다시 고개를 끄덕였다. 인철이 혼잣말을 하듯 말했다.

"자네랑 나 말고도 거기에 간 사람이 또 있을까?"

그러고 나서 인철은 도현의 어깨에 손을 올렸다.

"이번에 영채랑 영주를 다시 만나게 된 일, 미술관 덕분이었어."

도현은 눈물이 날 것만 같았다. 그는 의심과 혼란 속에서도 그 모든 것이 실제로 일어난 일이기를 바라고 바랐다. 이제 명확해졌다. 영달동 미술관은 실재한 공간이었다.

"분명 이유가 있을 거야. 나에게 변화를 일으킨 것처럼 자네에게도 미술관이 나타난 이유가 있을 거야."

도현이 인철의 말을 받았다.

"예, 아저씨. 제게도 이미 그 변화가 일어났어요. 제가 동네 어르신들과 인사를 나누게 되고 훈철 아저씨나 아저씨와 가까워진 것, 이 동네를, 제 고향을 사랑하게 된 것, 그 모든 게 미술관이 일으킨 기적이었어요."

"그래? 그랬군."

인철이 고개를 끄덕이며 생각에 잠겼다.

Episode 4

미
처
몰
랐
던 이
야
기
들

11월의 마지막 날이었고, 토요일이었다. 도현은 한 달 전, 그러니까 10월 31일에 힐링 미술관에서 정체불명의 주민들이 단체 관람을 하던 때를 기억하고 내심 이날을 기다려 왔다. 그날 도슨트 남자는 이렇게 말했다. "그럼 다음 달에 뵙겠습니다." 그들이 매달 말일에 모임을 가져 왔음을 의미했다. 도현은 저녁부터 건물 주변을 어슬렁거리며 미술관이 열리기를 기다릴 계획이었다.

도현은 점심때 현이네 분식에서 밥을 먹었다. 그때 정현이 식당에 들어섰다. 도현을 발견한 그녀는 테이블 맞은편에 앉아서 도현을 빤히 쳐다보았다. 도현이 무안해서 눈살을 찌푸리며 말했다.

"왜 그래?"

"소개팅 시켜 줄까? 우리 센터에 아주 참하고 괜찮은 친구가 있는데."

정현의 말에 도현은 숟가락을 놓고 정색을 했다.

"내가 소개팅을 왜 해?"

"왜 하기는? 여자 사귀려고 하는 거지. 어머, 혹시 너 사귀는 사람 있어?"

"사귀는 사람 없어. 그럴 처지도 아니고 그럴 마음도 없어."

"왜? 너, 여자 별로 안 좋아하는 타입이야?"

"야, 김정현, 그만 놀려라. 제대로 된 직장도 없이 편의점에서 알바나 하는 스물아홉 살 남자를 어떤 여자가 좋아하겠어?"

"왜 그런 여자가 있을 수도 있지."

"그만하자."

도현을 계속 몰아붙이는 정현의 뒤통수를 보면서 그녀의 어머니가 야릇한 표정을 지었다.

식사를 끝낸 뒤 도현과 정현은 함께 거리를 걸었다. 보안등 아래를 지날 때 정현이 맞은편 건물을 턱으로 가리키면서 도현에게 말했다.

"여도현, 네가 저 건물에서 보았다고 했던 미술관에 대해서 아직 설명을 안 했어. 그냥 착각한 거라고 넘어가기에는 네 표정이나 행동이 너무 확신에 차 있었고 상황이 구체적이었어. 도대체 어떻게 된 거야? 저기에서 무얼 본 거야?"

도현은 잠시 침묵을 지키다가 답했다.

"언젠가…… 언젠 네게 말할 수 있는 날이 오겠지. 지금은 내가 설명을 해도 납득하기 힘들 거야."

"정말로 뭔가를 보기는 봤단 말이네?"

도현은 대답하지 않았다. 그의 침묵이 길어지자 정현은 체념한 듯 말했다.

"나중에 꼭 이야기해 줘야 된다."

도현이 고개를 끄덕였다.

잠시 사이를 두고 도현이 정현에게 말했다.

"혹시 한 가지 알아봐 줄 수 있어?"

"뭐?"

"여기 말이야. 이 건물이 그동안 어떤 용도로 쓰였는지 알고 싶어서."

정현이 건물 2층을 올려다보며 말했다.

"여기가 일제 강점기 때 백화점이었던 건 알지?"

"응, 알고 있어. 내가 어릴 때는 꽤 큰 고깃집이 있었던 걸로 기억해. 가끔 엄마랑 오고는 했거든. 몇 년 전에는 근대 문화 체험관이 있었고, 그 전에는 일본식 술집이 있었다고 들어."

"응, 맞아. 일본식 술집 이전에 네가 말한 고깃집이 있었어. 우리가 중고등학교 다닐 때였지 아마. 내 기억으로 그전에는 유치원이랑 어린이집이었어. 우리가 초등학교 다닐 때. 그러고 보니까 참 격세지감이다. 이 큰 건물이 유치원이랑 어린이집이었다면, 그때까지만 해도 이 동네에 아이들이 꽤 많았다는 거잖아. 이 동네가 지금처럼 이렇게 초라해질 줄 누가 생각이나 했겠어."

"좀 알아봐 줄래?"

도현의 물음에 정현이 고개를 끄덕였다.

"일단 건물 등기부등본을 찾아볼게. 하지만 옛날 기록까지 있을지는 모르겠어."

"알아볼 수 있는 데까지만 알아봐 줘. 부탁할게."

"술 한잔 사야 된다?"

도현이 미소를 지으며 대답했다.

"응, 그럴게."

정현의 표정이 밝아졌다.

그때 도현의 휴대폰이 울렸다. 발신인은 사촌형인 창호였다.

"응, 형."

전화기 너머에서 창호의 가라앉은 목소리가 흘러나왔다.

"며칠 전에 어머니가 편찮으셔서 병원에 입원하셨어. 그런데 꼭 너를 봐야 한다고 그러시네. 너한테 연락해서 병원에 꼭 한번 오라고 전해 달라고 간곡하게 말씀하셨어."

"이모님이 나를? 무슨 일로?"

"그건 말씀 안 하셔. 너한테 직접 하실 말씀이 있대. 오늘 편의점 안 가는 날이지? 시간 어때?"

도현은 내키지 않았지만 아픈 사람의 청을 거절할 수 없었다.

도현은 정현과 헤어져 집으로 가서 옷을 갈아입고 병원으로 향했다. 병원에 도착했을 때는 오후 4시 조금 전이었다. 저녁 무렵에는 미술관이 열린 건물에 도착할 수 있을 것 같았다.

병실에서 마주한 창호의 어머니는 많이 약해 보였다. 그녀는 도현을 보자마자 앞으로 손을 내밀었다. 도현이 그 손을 마주 잡았다. 두 사람은 도현의 어머니 장례식에서 만난 것이 마지막으로, 4년 반 전의 일이었다. 그간에 나누지 못한 안부를 묻고 나서 드디어 창호의 어머니가 용건을 꺼냈다.

"도현아, 너는 아버지 얼굴을 모르지?"

뜻밖의 말이어서 도현은 다소 놀랐다.

"예. 함자가 '인'자, '규'자이셨다는 것 말고는 아는 게 거의 없어요, 이모."

"아버지 사진도 한 장 없고, 그치?"

도현이 고개를 끄덕였다.

"그게 다 이 이모 잘못이야."

도현이 고개를 들어 그녀와 눈을 맞추었다.

"우리 엄마아빠, 그러니까 네 외할아버지와 외할머니는 네 아버지가 프랑스에서 사고로 죽은 뒤에 네 엄마가 재혼하기를 바라셨어. 젊고 예쁜 딸이 평생 혼자 살 생각을 하면, 얼마나 안타까웠겠니? 두 분은 경애를 특히 아끼셨어. 언니인 내가 질투가 날 정도로. 하지만 네 엄마는 그런 얘기가 나오면 불같이 화를 냈고, 하루 종일 네 아빠 사진을 보면서 넋을 놓기 일쑤였지. 그래서 하루는 네 외할머니가 독한 마음을 품었단다. 네 아빠 사진을 담아 둔 종이상자를 감춰 버린 거야. 외할머니는 네 아빠 사진을 없애면 오래지 않아 경애의 마음이 돌아설 거라고 단순히 생각하셨어. 부모가 사진을 없앤 걸 눈치 챈 네 엄마는 외할머니를 닦달했지만, 외할머니는 끝내 종이상자가 어디에 있는지 밝히지 않았어. 그러다가 네가 일곱 살 땐가 두 분이 제주도로 관광을 갔다가 유람선이 가라앉는 바람에 실종되고, 네 아빠 사진을 담은 상자도 영영 사라지고 말았지. 그런데 도현아……."

도현 이모의 눈가가 촉촉해지더니 기어이 눈물이 떨어졌다.

"사실 그 상자는 내가 갖고 있었어. 외할머니가 나한테 맡겨 두었거든. 경애도 그걸 의심하고 내게 엄마가 상자를 맡기지 않았느냐고 물었어. 난 외할머니가 시킨 대로 딱 잡아뗐지. 부모님이 실종되고 난 뒤에 상자를 돌려주려고 했지만, 네 엄마와 의가 상할까 두려워서 선뜻 그러지 못했어. 그랬는데, 이사를 하고 난 뒤에야 그 상자가 없어진 걸 알았어. 누가 그랬는지는 모르지만, 짐을 옮기는 와중에 폐지를 넣어 둔 것으로 착각하고 내다버린 거야. 네 엄마한테 솔직하게 이야기를 했어야 했는데, 차일피일 미루다가 네 엄마마저 세상을 떠나고 이제야 너한테 이야기하는 거야. 경애한테 미안한 마음을 전하고 싶은데 방법이 없구나."

이모의 흐느낌이 깊어졌다. 도현은 그녀의 손등을 어루만지며 말했다.

"이모, 다 지나간 일이에요. 너무 마음 쓰지 마세요."

도현은 그렇게 이모를 위로했지만 마음이 착잡했다. 병원을 나선 뒤 도현의 축 처진 어깨를 두드리며 창호가 말했다.

"그런 일이 있었구나. 그리운 사람의 사진 한 장 없이 지냈을 경애 이모를 생각하니, 마음이 아프다."

도현도 그랬다. 어머니는 캔버스에 아버지의 얼굴을 되살리고 싶어 했지만, 번번이 포기하고 말았다. 사랑하는 사람의 모습이 시간이 흐를수록 희미해져 가는 걸 느끼면서 어머니는 얼마나 두렵고 슬펐을까.

"이대로 집에 가기 그러면 차라도 한잔 할래?"

도현은 잠시 망설이다가 고개를 끄덕였다.

"우리 엄마가 결혼할 때 형은 여섯 살이었을 텐데, 혹시 우리 아버지 본 적 있어?"

도현의 물음에 창호가 대답했다.

"집안 어르신들이랑 친지들이 모인 자리에 경애 이모랑 같이 인사하러 왔던 분이 있었다는 건 어렴풋이 기억해. 키가 크고 인상이 서글서글했다는 느낌은 남아 있는데, 어떻게 생겼는지는 기억이 안 나."

"엄마는 아버지에 대해서 얘기해 준 게 거의 없었어. 미술을 공부했다는 것과 두 분이 어느 미술관에서 우연히 만났다는 사실 말고는. 왜 그랬을까? 왜 자식한테 생부에 대해서 말해 주지 않았을까?"

창호가 생각에 잠겨 있다가 입을 열었다.

"엄마가 그러던데, 외할아버지 반대가 심했대."

도현이 놀란 표정을 지었다.

"정말? 왜⋯⋯?"

"그건 나도 몰라. 엄마 말로는 외할아버지도 처음에는 좋아하셨는데, 결혼식 날짜 잡고 나서 갑자기 결사반대를 하셨다고 하더라. 우리 엄마도 이유는 모르는 것 같았어."

"아버지한테 어떤 결함이 있었을까? 딸을 시집보낼 수 없는."

"그랬다면 경애 이모가 부모의 반대를 무릅쓰고 결혼했을까? 그런 건 아닐 거야."

"결혼식 때는 어땠어? 외할아버지랑 외할머니는 안 오셨겠네?"

도현의 그 말에 창호는 곧바로 답을 못하고 입을 닫았다. 그게 의아해서 도현이 다급하게 물었다.

"왜 그래, 형? 내가 모르는 게 또 있어?"

머뭇거리던 창호가 마지못해 대답했다.

"결혼식을 했는지 안 했는지는 몰라. 집을 나갔던 경애 이모가 몇 달 뒤에 네 아버지랑 다시 나타났는데, 그때 이미 이모가 너를 잉태하고 있었대. 그다음은 너도 알 거야. 나중에 프랑스에서 만나기로 하고 네 아버지가 먼저 프랑스로 떠났지. 네가 태어나기 전에 돌아가셨고."

그렇게 말하고 나서 창호가 덧붙였다.

"경애 이모, 참 강단 있는 분이었어. 그치?"

도현은 자신이 이 세상에 태어나기까지 어머니가 겪었을 우여곡절을 생각하자, 기분이 이상했다. 가족의 축복을 받지 못한 결혼과 남편의 갑작스러운 죽음 그리고 홀로 된 상태에서의 출산……. 도현은 왜 어머니가 아버지에 대해서 자세하게 얘기해 주지 않았는지 조금은 알 것 같았다. 어린 도현이 외가를 향한 반감을 키울지 모른다는 걱정 때문이었을 것이다.

도현은 얼굴도 모르는 아버지를 생각했다. 멀리 이국땅에서 마지막 눈을 감는 순간, 그는 고국에 두고 온 아내와 뱃속의 아기를 떠올렸을 것이다. 이렇게 영영 사랑하는 가족을 보지 못하고 떠나야 하는 상황 앞에서 그는 얼마나 가슴이 찢어졌을까?

기분이 잔뜩 가라앉았다. 도현은 자리에서 일어섰다.

"오늘 밤에 가볼 곳이 있어서 이만 일어서야겠어, 형."

'가볼 곳'이란 미술관이었다. 그곳에 가고 싶다는 생각이 더욱 간절해졌다. 거기에 다시 갈 수 있다면 울적한 마음을 털어 낼 수 있을 것 같았다.

헤어지기 전에 도현이 창호에게 말했다.

"형, 우리 동네 기억나지?"

"물론. 안 간 지 꽤 됐지만, 예전에는 기분이 울적할 때면 혼자 거기 거리와 골목을 걷고는 했어."

"시간 될 때 꼭 와 봐."

"네 집에 놀러 오라고?"

"나야 언제든 환영. 하지만 내가 지금 말하는 건 그냥 그 동네를, 그 거리와 골목을 혼자서 걸어 보라는 거야. 옛 동네를 걷다 보면 옛 추억도 떠오르고, 어지러운 머리와 마음도 정리할 수 있고, 또 좋은 일이 생길지도 모르잖아."

창호가 고개를 끄덕였다.

"그래, 안 그래도 한번 가 보고 싶었다."

도현은 창호를 향해 웃어 보이고 돌아섰다. 창호는 도현이 안 보일 때까지 그 자리에 서 있었다.

●

집으로 돌아와서 도현은 어머니가 그림을 그리던 방의 문을 열어 보았다. 한쪽 벽에 세워져 있는 이젤과 테이블 위에 가지런히 놓여 있는 붓통과 물감, 팔레트 등이 눈에 들어왔다. 맞은편에 있는 창고 방의 문도 열었다. 작업실로 쓴 방은 어머니와 함께 보던 미술책을 찾느라 얼마 전에 살펴보았지만, 창고 방을 열어 본 것은 처음이었다. 그 방은 도현이 어릴 때부터 어머니가 소중하게 생각하는 물건을 보관하는 곳이라는 인식이 있어서 열어 볼 엄두를 내지 못한 곳이었다.

창고 방에는 다양한 크기의 캔버스들이 하얀 종이에 싸인 채 세워져 있었다. 도현은 캔버스의 숫자를 세어 보았다. 모두 18편이었다. 생전에 어머니가 어떤 그림을 그렸는지 궁금했지만 펼쳐볼 엄두가 나지 않았다. 캔버스를 감싸고 있는 종이를 걷어내고 거실에 하나씩 세워서 감상하기에는 공간이 부족했다. 잘못 다루었다가 그림에 손상을 줄지도 모른다는 걱정도 들었다.

문득 좋은 생각이 도현의 머리를 스쳤다.

'엄마의 그림으로 전시회를 여는 건 어떨까?'

그 생각을 하고 제일 먼저 떠오른 사람이 정현이었다. 동네에 비어 있는 상가 건물이 많아서 주민 센터의 도움을 받는다면 가능할 것 같았다.

해가 지고 한참 지난 뒤 도현은 집을 나섰다. 거리로 나서자 멀리서 보안등이 깜빡거리는 모습이 눈에 들어왔다. 도현은 설레는 마음으로 그쪽으로 다가갔다. 현이네 분식은 문을 닫았고 구멍가게에는 아직 불이 켜져 있었다. 도현이 구멍가게에 들어서며 훈철에게 말했다.

"아직 안 마치셨어요?"

"오, 도현이구나. 이제 닫으려던 참이다."

도현은 잠시 머뭇거리다가 훈철과 눈을 맞추었다. 훈철은 무슨 일이냐는 듯 눈을 크게 떴다. 도현이 말했다.

"아저씨, 저희 어머니 아시죠?"

"물론이지. 내가 네 엄마랑 한 살밖에 차이가 안 나잖아. 양 선생이 워낙 공주님처럼 굴어서 동네 오빠 노릇은 못했지만, 어릴 때부터 잘 알고 지냈지."

"우리 엄마 어떤 사람이었어요?"

훈철이 웃음을 지었다.

"그걸 왜 나한테 물어? 네 어머니니까 네가 더 잘 알지."

훈철은 잠시 생각에 잠겼다가 입을 열었다.

"왜 그런지는 모르지만, 나이가 많든 적든 동네 사람들은 다들 네 외할아버지를 '양 회장님'이라고 불렀어. 이 동네에서 가장 부자였고 관공서 관리들하고도 가깝게 지냈기 때문에 신세 지는 사람이 많아서 그랬을 거야. 그래서 네 엄마한테도 사람들이 함부로 못했어. 또래들하고 어울릴 때도 되게 고상하게 굴어서 조금 재수가 없긴 했지, 허허. 하지만 당시 이 동네 총각 중에 한 번쯤 네 엄마를 마음에 품지 않은 이가 없을 거야. 너도 알다시피 참 고왔지 않니? 네 엄마가 네 아버지 팔짱을 끼고 이 동네에 나타났을 때 낙담한 총각이 한둘이 아니었어."

"저희 아버지를 보셨어요?"

"암, 그럼. 어떤 인간이 우리 경애 씨를 낚아챘나 싶어서 감정이 안 좋았는데, 얘기를 나누어 보니까 사람이 참 좋더구먼. 나보다 세 살 정도 위여서 처음 술잔을 기울이던 날에 대뜸 내가 '형님'이라고 불렀지. 그런데 사람 일이라는 게 참……. 네 아버지가 이역만리 타향에서 그렇게 돌아가실 줄 누가 알았겠냐?"

"저랑 많이 닮았어요?"

"그걸 몰라?"

"아버지 얼굴을 본 적이 없어요."

"사진은 두었다 어디 써먹어?"

도현의 표정이 굳어져 있는 것을 보고 훈철이 조심스럽게 말을 이었다.

"사진이 없어? 엄마가 안 보여 줬어?"

도현이 씁쓸한 표정으로 말했다.

"아버지 사진을 담아 둔 상자를 통째로 잃어버렸다고 했어요. 그래서 한 번도 본 적이 없어요."

"아이고, 저런……."

훈철이 안타까운 눈길로 도현의 얼굴을 살폈다. 도현은 괜찮다는 듯 씩 웃어 보였다. 훈철이 말했다.

"언젠가 네가 대학 들어가고 나서 방학에 내려왔을 때, 네가 요 앞을 지나가는데 난 그 형님이 살아 돌아온 줄 알았어. 네가 외탁을 해서 어머니를 더 닮기는 했다만, 걸음걸이나 몸매, 분위기는 영락없이 네 아버지야."

그 순간, 생각나는 일이 하나 있었다. 도현의 중학교 졸업식 날이었다. 함께 시내에서 밥을 먹던 중에 어머니가 도현을 빤히 쳐다보며 했던 말. "나를 닮으면 안 되는데." 그때 도현은 그 말에 담긴 의미를 제대로 해독하지 못했다. 스스로 흠이 많다고 여긴 어머니가 그저 자식 잘되기를 바라는 뜻에서 한 말이라고 여겼다. 그런데 지금 돌이켜 보니, 그 말에는 어머니의 간절한 바람이 담겨 있었다는 생각이 들었다. 어머니는 도현에게서 아버지를 발견하고 싶었던 것이다.

구멍가게를 나온 뒤 도현은 보안등 주변을 어슬렁거렸다. 시계가 10시를 가리켰다. 평소에 편의점 일을 마치고 동네에 도착하는 시각이 10시 30분 전후였다. 그는 이제나저제나 옛 백화점 건물 1층 입구에 조명이 들어오기를 기다렸다. 보안등이 계속 깜빡거려서 눈이 불편하고 신경이 거슬렸지만, 그는 그 아래에서 추위를 견디며 참을성 있게 기다렸다.

시계가 11시를 가리켰다……. 이 도시의 어느 곳에서 일을 하거나 놀다가 어두운 집으로 향하는 젊은이들이 도현을 힐끔거리며 지나갔다. 시계가 12시를 가리켰다……. 술 취한 중년 사내 한 명이 시비를 걸 모양으로 도현의 위아래를 훑어보다가 비틀거리며 멀어졌고, 늦은 귀가를 서두르는 처녀 두 사람이 보안등 아래에 서 있는 도현을 발견하고는 달아나듯 걸음을 서둘렀다. 그리고 시계는 새벽 1시를 가리켰다.

도현은 떠나기 전에 건물의 유리문 너머를 보았다. 밤바다보다 더 캄캄한 어둠이 도사리고 있었다. 그는 집으로 향하면서도 자꾸 뒤돌아보았다. 아쉬운 마음에 발걸음이 떨어지지 않았다. 이윽고 거리에서 골목으로 접어드는 길목에 이르러 다시 거리를 바라보았다. 보안등의 깜빡거리는 불빛이 곧 숨이 끊어질 짐승처럼 헐떡이고 있었다.

퇴근 시각에 회사를 나선 뒤 버스 정류소로 향하던 창호는 망설였다. 몇 년 전만 해도 퇴근길에 한잔 하자고 꼬드기던 이가 꼭 한둘은 있었는데, 근래 들어 그런 일이 드물었다. 부서 회식도 확 줄었고, 저녁 이후의 거래처 미팅도 뚝 끊겼다. 편하게 술자리를 청할 사람이 없을까 싶어 휴대폰 전화번호 리스트를 검색하던 중에 문자 메시지가 도착했다.

'집에 오는 길에 매운 닭발 좀 사 줄 수 있어요?'

아내였다. 임신 5개월이 넘어가면서 주전부리를 사 달라는 요청이 부쩍 늘었다. 창호는 답을 보낸 뒤 버스 정류소로 향하던 방향을 바꾸었다. 회사 부근에 닭발을 맛있게 하는 집이 있었다.

음식을 들고 집에 도착하자 아내가 반갑게 맞이했다. 창호는 냉장고에서 맥주 하나를 꺼내 아내와 테이블에 마주 앉았다. 아내는 연신 혀를 내밀고 손으로 부채질을 하면서도 닭발을 7개나 먹었다.

"왜 안 먹어요? 닭발 안 좋아해요?"

"응, 당신 먹어. 난 별로 생각이 없네."

창호는 음식에 전혀 손을 대지 않고 맥주만 들이켰다. 그는 어색한 분위기를 깨기 위해 무슨 말이든 하고 싶었지만, 아무런 이야깃거리가 떠오르지 않았다. 그는 원래 말수가 많은 편이 아니지만, 근래 들어 더욱 말수가 줄었다. 무거운 침묵이 흐르는 가운데 아내가 닭발을 2개 더 먹고 나서 창호에게 말했다.

"안 먹을 거면 치울게요."

"응, 그래."

아내가 먼저 자리에서 일어섰다. 창호도 맥주를 마저 들이켜고 일어섰다.

창호는 아내가 소파에 앉아 TV 켜는 것을 보면서 외투를 챙겨 집을 나섰다.

아내는 단아하고 조신하며 고운 사람이었다. 결혼한 뒤로 창호는 아내 때문에 속상했던 적이 단 한 번도 없었다. 창호에게 특별히 요구하는 것이 없었고, 살림이나 고부(姑婦) 관계로 스트레스 받는 티를 낸 적도 없었다. 창호를 뒷바라지하는 일을 최우선에 둔 듯 보였다. 그림자처럼 곁에 머물면서도 창호를 간섭하지 않았고, 자신을 드러내지도 않았다. 창호 역시 특별히 어긋난 행동을 하는 사람이 아니었기에 두 사람의 결혼생활은 지극히 평탄했다. 창호는 자신이 결혼생활을 그럭저럭 잘해 나가고 있다고 믿었다.

잔물결 하나 일지 않는 호수처럼 잔잔하던 두 사람의 삶에 파문이 일기 시작한 것은 3개월 전 아내가 임신 사실을 알리면서부터였다.

"아기를 가진 것 같아요."

잔뜩 상기된 표정으로 아내가 말했을 때 창호는 표정이 굳고 말았다. 아주 짧은 찰나였지만, 아내는 창호의 얼굴에 머물렀던 당혹감을 놓치지 않았다. 그녀는 마치 잘못을 저지른 아이처럼 겁먹은 표정으로 물었다.

"안 기쁜 거예요?"

기뻤다. 정말로 기뻤다. 하지만 창호는 기쁜 중에도 가슴 한 곳을 얼음으로 만든 칼에 베인 것 같은 서늘한 통증을 느꼈다. 그것은 지금까지 느껴 본 적이 없고 스스로도 이해 불가능한 괴상한 감정이었다. 그는 서운함과 막막함, 두려움, 실망감이 어지럽게 교차하는 아내의 얼굴을 보면서 혼란한 마음을 가까스로 추슬렀다.

"아냐, 기뻐. 정말 기뻐."

창호의 목소리가 평소보다 컸다. 아내가 서글픈 웃음을 지으며 고개를 끄덕였다. 그 순간, 창호는 두 사람의 생애에 가장 극적이고 감격적인 순간을 자신이 망쳐 버렸음을 깨달았다. 그는 자신이 왜 그렇게 반응했는지 아내에게 설명해야 했지만, 그러지 못했다. 아내의 임신 사실을 듣는 순간 섬광처럼 일어났던 감정을 도저히 설명할 수 없었기 때문이다.

그날 이후 창호는 지금껏 가까스로 버텨 온 마음의 방벽이 무너지고 말았음을 느꼈다. 과거의 어느 한때로 자꾸만 치달으려는 기억과 감정을 힘겹게 억눌러 왔건만 그 모든 노력이 수포로 돌아가고 만 것이다. 내면의 결계가 풀린 것은 창호만이 아니었다. 결혼 이후 한 남자의 반려로 만족하며 살고자 했던 의지와 다짐에 감금되었던 아내의 자의식과 자유의지가 깨어났음을 그는 알아차렸다. 두 사람의 부부생활은 너무나 평온했기에 그만큼 쉽게 다칠 수 있는 것이었다.

하지만 아내도 창호도 아무 일 없는 듯 생활했다. 출근하기 전에 아내는 밥을 차렸고, 점심때 통화를 하고, 저녁에 같이 밥을 먹고, 함께 TV를 보다가 잠이 들었다. 주말에 영화를 보거나 외식을 하고, 함께 산부인과에 가고, 가끔 집안 어른들을 찾아뵀었다. 겉보기에 달라진 것은 아무것도 없었다. 하지만 두 사람 사이의 화젯거리가 줄었다. 아내는 창호의 귀가가 늦거나 곁에 없는 것을 예전보다 서운해하지 않는 것 같았다. 뱃속의 아이가 자라는 것과 반비례하여 두 사람의 관계는 조금씩 냉랭해져 갔다.

●

도현은 후임자에게 업무를 인계하고 편의점을 나서다가 누군가 앞을 가로막는 바람에 깜짝 놀랐다. 정현이었다.

"이 시간에 여기 웬일이야?"

도현의 물음에 정현이 대답했다.

"친구들 만나러 나왔다가 너 퇴근할 시각 되었겠다 싶어서 기다렸지."

"밖에서? 추운데 안으로 들어오지 않고?"

"그러면 내가 꼭 네 애인 같잖아."

정현의 그 말에 도현은 딱히 할 말이 없었다.

정현이 물었다.

"집에 가는 길?"

"응."

"그럼 전에 사 주기로 한 술 지금 사."

"지금? 열 시가 넘었는데?"

"술을 밤에 먹지 낮에 먹니?"

"나야 괜찮지만 네가 늦을까 봐 그러지."

"그럼 따라와."

정현이 성큼성큼 앞서갔다.

술집에 자리 잡은 뒤 정현이 말했다.

"전에 네가 알아봐 달라던 거 알아봤어."

정현이 백에서 종이를 꺼냈다. 건물 등기부등본이었다.

"지금 그 건물은 시 소유로 되어 있어. 그 전에는 개인 소유였는데, 근대 건물들을 문화유산으로 지정하고 보호하는 사업을 할 때 문화재청과 시에서 영달동의 오래된 건물들을 매입했고, 그 과정에서 네가 말한 그 건물도 시 소유가 되었어. 너도 알다시피 2013년부터 2015년까지는 근대 문화 체험관으로 쓰였고, 이후로 4년째 계속 비어 있어. 등기부등본은 1969년부터 기록되어 있어서 이전의 상황에 대해서는 알 수가 없어. 하지만 내가 우리 동네에 살고 있는 향토 사학자 어르신께 알아본 바로는 그 건물이 처음 지어진 게 1925년이었대."

"1925년?"

"응. 그런데 한 가지 눈에 띄는 부분이 있어. 그 어르신 말로는 그 건물을 지은 사람의 이름이 여현국이었다는 거야. 여 씨가 흔한 성씨는 아니잖아? 혹시 너네 집안 분 아니니?"

"몰라. 내가 아는 건 아버지 성함이 여인규였다는 것밖에. 게다가 여 씨가 그리 귀한 성씨도 아냐. 대학 다닐 때도 주변에 여럿 있었어."

"그래? 음…… 여현국이라는 분이 민족의식이 투철하셨나 봐. 자신이 지은 건물에서 우리 소상공인들이 장사를 하도록 했고, 독립 자금을 조달하는 일도 했던 것 같아. 기록은 전혀 남아 있지 않지만, 1930년대 중반에 일본 경찰에 체포되고 건물이 조선총독부에 몰수된 걸 보면 여현국 선생이 독립 단체와 연결된 것으로 추측할 수 있어. 이후에 그 건물은 박부용이라는 친일 자본가에게 넘어갔고, 근대식 백화점으로 탈바꿈했지."

"참 사연이 많은 건물이구나."

"내가 아까 말했지? 그 건물의 등기부등본 기록이 1969년부터 시작된다고. 그런데 향토사학자 어르신께서 기억하기로는 1960년대 중반에 여흥섭이라는 분이 그 건물을 사들였대. 이상하지 않아? 또 여 씨야."

"건물을 지은 여현국이라는 분과 관계가 있이?"

"그건 몰라. 다만 그 어르신은 여흥섭이 여현국의 아들이지 않을까 추측하고 있고, 당시 동네 사람들 사이에도 그런 소문이 돌았대. 아버지가 일제에 빼앗긴 재산을 아들이 되찾다…… 굉장히 드라마틱하지?"

"그 여흥섭이라는 분은 어떻게 됐어?"

"간첩 활동을 했다는 죄목으로 체포되었다가 사형을 선고받았대."

"뭐, 간첩?"

"응. 하지만 어르신 말로는 간첩 누명을 쓰고 희생당했을 가능성이 크대. 군부 독재 시절이었잖아."

"가족이나 친지들은 어떻게 됐어? 당시에는 연좌제 때문에 가족들도 고초를 겪었을 텐데."

"그건 몰라. 내가 들은 건 여기까지야. 어르신 연세가 아흔이 넘으셔서 여기까지 기억해 내는 데도 애를 많이 쓰셨어."

도현은 정현이 내민 등기부등본을 건네받았다. 쭉 훑어보았지만 특이한 사항은 없었다. 그러면서 혼잣말을 하듯 말했다.

"거기가 미술관이었던 적은 없었네."

정현이 말했다.

"또 미술관 타령이야? 말해 봐. 너 도대체 거기서 무얼 본 거야?"

도현은 생각에 잠겨 있다가 입을 열었다.

"나중에, 나중에 분명해지는 게 있으면 꼭 이야기해 줄게."

정현이 눈을 흘겼다.

술잔을 비운 뒤에 도현은 생각나는 것이 있었다.

"아 참, 너한테 도움을 구할 일이 하나 더 있어."

"말해 봐."

"우리 엄마 그림으로 전시회를 열까 하는데, 주민 센터에 얘기해서 빈 건물을 빌릴 수 있을까?"

"양경애 선생님 전시회를? 동네에서?"

"응."

"좋은 생각이긴 해. 주민 센터로서는 근대 문화유산들을 저대로 두는 것보다는 무슨 일이라도 벌이는 게 좋으니까. 하지만 전시회를 연다고 해도 동네 어르신들 말고 누가 찾아오겠어?"

"사실은 내가 보고 싶어서. 엄마 그림을 제대로 본 적이 없거든."

"내가 도와줄게. 음, 이번에는 영화 한 편."

"그래, 영화도 보여 주고 밥도 살게."

정현이 잔을 내밀었다. 도현이 자신의 잔을 부딪쳤다.

Episode 5

사
랑
의 온
도

라파엘로 산치오(Raffaello Sanzio)
1483~1520, 이탈리아

아메데오 모딜리아니(Amedeo Modigliani)
1884~1920, 이탈리아

장 프랑수아 밀레(Jean-François Millet)
1814~1875, 프랑스

토요일 낮, 도현과 정현은 현이네 분식에서 같이 밥을 먹고 보안등 맞은편 건물로 향했다. 정현이 주민 센터에 전시회를 열고 싶어 하는 도현의 뜻을 전했고, 동장은 백화점 건물을 써도 좋다고 허락했다.

정현이 출입문의 잠금장치를 푸는 동안 도현은 다소 긴장한 표정으로 그 모습을 지켜보았다. 그는 미술관으로 들어서면서 유리문을 밀던 손과 어깨의 촉감을 떠올렸다. 그 둔중한 느낌이 그 어떤 현실보다도 더 현실적으로 다가왔다.

"들어가 봐."

정현이 마치 호텔의 도어맨이라도 되는 양 도현을 향해 유리문을 열어 주었다. 도현은 천천히 안으로 들어섰다. 실내가 어두웠다. 어림짐작으로 보아도 그가 방문했던 미술관과는 전혀 다른 곳이라는 사실을 알 수 있었다.

도현을 뒤따라 들어온 정현이 창을 가리고 있던 검은 천을 걷자 햇살이 쏟아져 들어왔다. 어둠 속에 웅크리고 있던 먼지들이 잠에서 깨어나 허공을 떠다녔다. 넓은 실내의 곳곳에 기둥이 서 있었고, 출입문 왼편에는 2층으로 향하는 계단이 있었다. 도현은 2층으로 오르며 난간과 벽을 손바닥으로 쓸어 보았다. 2층에 오르고 나서 세로로 긴 창을 통해 하늘을 올려다보았다.

정현이 다가와 물었다.

"어때? 전시회를 하기에 충분한 것 같아?"

도현이 하늘을 올려다보며 말했다.

"창 밖 하늘이 낯익네. 엄마하고 이쯤에 앉아서 고기를 먹었던 것 같아."

"피, 하늘이 다 똑같지 뭐."

도현이 웃음을 지었다.

"엄마가 좋아할 거야. 나도 마음에 들어."

"문화유산이어서 못질을 할 수가 없어. 전시를 하려면 이젤을 세워야 해. 지역 내의 학교와 미술 학원에 도움을 요청하면 이젤은 어렵지 않게 구할 수 있을 거야."

"우선 청소부터 해야지. 당장 내일부터 시작해야겠어."

"나도 도와줄게."

도현이 정현의 눈을 지그시 바라보았다. 정현의 낯이 붉어졌다.

"뭐?"

"정현아, 고마워. 네가 고향에 남아 있어서 참 좋다."

"칫."

정현이 입을 삐쭉 내밀고는 돌아섰다. 도현도 정현을 따라 걸음을 옮겼다.

그때 휴대폰 벨이 울렸다. 창호였다.

"혹시 도현이 너 집에 있냐?"

"아니, 잠깐 나와 있어. 왜?"

"나, 너네 동네에 왔어."

"그래? 형, 동네에서 제일 큰 건물 알지?"

"하늘색 건물? 일제 시대 때 백화점이었던?"

"응, 맞아. 거기에 있어."

"나도 그 앞이야."

도현이 건물 밖으로 나갔다. 창호가 문 앞에 서 있었다. 창호가 건물을 휘 둘러보고는 말했다.

"여기서 뭐 해?"

도현을 뒤따라 나온 정현이 건물의 문을 잠갔다. 창호가 도현의 어깨 너머로 정현을 보고는 눈짓으로 누구냐고 물었다. 도현이 뒤에서

다가오는 정현에게 말했다.

"사촌형이야. 어릴 때는 이 형도 여기 살았는데, 내가 열 살 때쯤 다른 동네로 이사 갔어."

그러고 나서 창호에게 정현을 소개했다.

"이쪽은 김정현. 나랑 초등학교 동창이고, 주민 센터에서 일하고 있어."

창호가 정현에게 인사를 건넸다.

"김창호입니다. 도현이랑 같은 초등학교 나왔으면 내가 선배네요."

"반갑습니다, 선배님."

도현이 창호에게 말했다.

"내가 집에 없으면 어쩌려고 연락도 없이 왔어?"

"그냥 옛 동네가 그리워서 왔어. 골목 여기저기 돌아다니다가 선창가 횟집에서 가볍게 한잔 하며 추억에 잠기려고 했지."

잠시 사이를 두고 창호가 물었다.

"비어 있는 건물 같은데, 여기는 왜?"

"여기서 엄마 그림을 전시하려고."

"이모 그림을? 좋은 생각이다. 언제?"

"글쎄, 아직은 모르겠어. 우선 내부 단장부터 해야지."

"도움 필요하면 언제든 얘기해."

그렇게 말하고 나서 창호가 정현에게 물었다.

"도현이랑 선창가 횟집에서 한잔 할 생각인데 같이 가실래요?"

정현은 잠시 망설이더니 고개를 저었다.

"저는 다음에 같이 할게요. 오늘은 두 분이서 이야기 나누세요."

그러고 나서 도현에게 말했다.

"내일 청소는 몇 시부터 할 거야. 난 열 시 정도면 가능해."

도현이 답했다.

"그래, 그럼 열 시. 내일 보자."

창호가 멀어지는 정현의 뒷모습을 지켜보고 있다가 도현을 향해 눈을 찡긋해 보였다.

●

도현과 창호는 동네의 오래된 건물을 몇 개 둘러보고 나서 선창가로 향했다. 겨울치고는 날씨가 따뜻하고 볕이 좋아서 선창가의 횟집 거리는 사람들로 제법 붐볐다. 도현은 창호를 인철이 타는 배의 선장 아내가 운영하는 횟집으로 데리고 갔다. 도현을 알아본 선장의 아내가 푸짐하게 차려 주었다.

창호는 다소 술이 급했다. 그 모습을 보고 도현이 걱정스럽게 말했다.

"그러다가 취하면 어쩌려고? 형수한테 혼나겠다."

도현의 말에 창호가 대답했다.

"괜찮아. 오전에 친정에 데려다 줬어. 장모님이 해 주는 밥을 먹고 싶다고 해서."

거기까지 말하고 창호는 잠시 틈을 두었다가 말을 이었다.

"지금 임신 6개월째거든. 당기는 음식이 많은가 봐."

도현의 눈이 커졌다.

"정말? 이야, 축하해, 형."

하지만 창호는 처연한 눈길로 바다를 바라보았다. 머쓱해진 도현은 창호의 표정을 살피며 술잔을 만지작거렸다. 창호가 여전히 바다에 눈길을 둔 채 말했다.

"혹시 내가 대학 다닐 때 자살 소동 벌였던 일 알고 있니?"

도현이 대답 없이 고개를 끄덕였다. 창호가 말했다.

"여자 때문이었어. 제대하고 복학했을 때 만난 후배. 학점을 채우지 못해서 한 학년 유급할 정도로 뜨겁게 사랑했는데, 육 개월쯤 됐을 때 갑자기 헤어지자고 하더라. 여자 마음은 갈대라며. 그래서 흔들릴 때도 있겠다 싶어서 기다릴 참이었어. 그런데 아예 휴학하고는 어학연수를 가 버린 거야. 내가 왜 싫어졌는지, 무얼 잘못했는지 이유라도 알면 답답하지나 않았을 텐데, 그렇게 갑자기 사라져 버리니까 미치고 환장할 노릇이었어. 그러다가 몇 주 뒤에 알았어. 원래 사귀던 남자애가 있었대. 잠깐 나랑 놀아난 거였어. 그 남자애, 학교에서 돼먹지 못한 바람둥이로 소문난 졸부의 자식이야. 어학연수도 그놈이랑 같이 간 거였어. 일종의 맞불 작전이었나 봐."

창호는 제 손으로 잔을 채우고는 술을 들이켰다.

"그때 내가 왜 죽으려고 했는지 아니? 쪽팔려서? 아니야. 걔가 너무 보고 싶어서. 병신쪼다처럼 걔 없이는 도저히 못살 것 같더라고."

도현은 잠자코 창호의 이야기에 귀를 기울였다. 창호의 말이 이어졌다.

"그 일이 있고 난 뒤에 한동안 식물처럼 지냈어. 재밌는 것도 없었고 하고 싶은 것도, 특별히 감흥이 느껴지는 일도 없었어. 그런데 그런 중에도 그 여자애를 생각하면 가슴이 뛰고 설렜어. 잠자리에 누워 걔랑 함께했던 시간을 떠올리다 보면 어느새 날이 밝기도 했지. 그러다가 아내를 만나고 결혼을 하면서 그 애를 잊으려고 많이 노력했어. 걔 생각이 나려고 하면 의식적으로 딴생각을 하면서 간신히 버텼어. 그렇다고 그 기억이 희미해진 건 아니었어. 불쑥불쑥 그 애 생각이 머릿속에 가득 차고는 했거든. 그때마다 아내 얼굴을 볼 면목이 없어서 일부러 눈길을 피했어. 나는 왜 아내를 그 여자애만큼 뜨겁게 사랑하지 못하는 걸까? 내가 정말로 아내를 사랑하기는 하는 걸까? 그런 질문이 떠오를 때마다 마음이 약해지고 죄책감이 들어. 아내가 임신했다는 소식을 들었을 때도 마냥 기뻐할 수가 없었어. 이대로 아이가 태어나도 괜찮은 건지, 아내와 내가 내내 행복할 수 있을지 자신이 없어."

창호가 도현에게 전화를 한 것이 그 무렵이었다. 헛헛하고 혼란스러운 마음을 나눌 누군가가 필요했던 것이다.

소주 4병이 비었을 때 창호의 상체가 기울었다. 도현이 창호를 부축하여 횟집을 나섰다. 1층 거실 소파에 창호를 눕히고 곁을 지키다가 도현은 옥탑방으로 향했다.

●

창호는 눈을 뜨고도 한동안 사물을 분간하지 못했다. 그러다가 도현과 함께 술을 마셨던 기억이 떠올라 몸을 일으켰다.

"도현아."

낮은 목소리로 불렀지만 응답이 없었다. 다시 불러 보았지만 여전했다. 창호는 테이블에 놓여 있는 휴대폰을 집어 들었다. 밤 11시였다. 옥탑방이 있다는 사실을 모르는 그는 도현을 깨우지 않기 위해 소리 내지 않고 집을 나섰다.

기억을 더듬어 골목에서 벗어나 거리로 나섰다. 거리 양쪽의 건물이 모두 어둠 속에 잠들어 있고, 저 멀리 거리 초입의 보안등만이 깜빡거렸다.

기온이 뚝 떨어져 제법 추웠다. 창호는 옷깃을 여미고 잔뜩 웅크린 채 걸음을 옮겼다. 보안등에 가까워졌을 때 갑자기 보안등의 불빛이 완전히 꺼졌다. 대신 맞은편 건물 입구에 은은한 조명이 켜져 있는 것이 눈에 들어왔다.

'빈 건물이 아니었나?'

호기심이 생겨서 가까이 다가갔다. 건물 안쪽에서도 희미한 조명이 새어나왔다. 낮에 도현이 그곳에서 전시회를 열 것이라고 했던 말이 떠올랐다. 유리문 너머로 안을 들여다보았다.

"영달동 미술관?"

창호는 가림막에 적힌 작은 글씨를 마저 소리 내어 읽었다.

"그림은 화가 자신의 가장 은밀한 이야기를 숨겨 둔 마음의 보물지도다."

창호가 기억하는 도현은 어릴 때부터 문학적 감수성이 뛰어났다. 때문에 그는 자신이 방금 읽은 그 글귀가 그림 속에 담겨 있을 제 어머니의 마음을 알고 싶은 도현이 생각해 낸 문구일 거라고 여겼다.

창호는 도현이 전시회 공간을 어떻게 꾸몄을지 궁금해서 안을 살펴보려 까치발을 들고 유리문에 몸을 기댔다. 그러자 유리문이 스르르 밀리는 바람에 그는 중심을 잃을 뻔했다. 그 순간, 창호는 낮에 겪었던 몇 가지 장면을 떠올렸다. 도현의 동창생 여자가 건물 출입문을 잠그던 모습, 내부 단장부터 해야 한다던 도현의 말, 다음 날 10시에 그 두 사람이 만나서 청소를 하기로 했던 약속……. 창호는 반쯤 열려 있는 문에서 뒷걸음질을 쳤다. 의식이 10년 전의 기억으로 달아났다.

그때 창호는 죽었다. 치사량의 수면제를 목구멍으로 넘기고 물이 가득 담긴 욕조에 들어가 손목을 긋고 오래지 않아 숨이 멎었다. 그는 캄캄한 허공으로 떠올랐다. 손을 내저어도 닿는 것이 없었고, 사방을 둘러보아도 아무것도 보이지 않았다. 공기의 흐름조차 멈춘 것 같았다. 소리를 낼 수 없었고, 자신이 누구인지 생각해 내는 것조차 힘겨웠다. 손을 맞잡을 수 없었고, 얼굴을 만질 수도 없었으며, 숨을 쉴 수도 없었다. 몸을 잃어버린 그의 의식과 감정과 기억이 무형의 어둠이 되어 암흑 속을 떠돌아다녔다. 그때 창호는 죽었다.

창호는 두려움에 사로잡힌 채 주변을 둘러보았다. 보안등이 꺼진 거리는 완전한 어둠에 잠겼고, 하늘의 별과 달도 모습을 감추고 보이지 않았다. 사방이 어둠의 벽에 둘러싸였다. 오로지 그 앞에 우뚝 서 있는 건물의 1층만이 유일한 통로를 만들고 있었다. 10년 전 그때처럼, 살고 싶다는 생각이 언뜻 머리를 스쳤을 때처럼, 다시 한 번 기회를 얻고 싶다는 간절함이 섬광처럼 떠오르고 암흑 속에서 한 줄기 빛이 반짝였을 때처럼 미술관의 불빛이 길을 만들고 있었다.

창호는 두려움 속에서도 앞으로 걸음을 내디뎠다. 그리고 유리문을 통해 안으로 들어섰다.

●

　출입문을 제외한 3개의 벽면에 그림이 걸려 있었다. 오른쪽 벽에는 모자를 쓴 여인을 기괴하게 표현한 그림과 상체를 드러낸 여인의 그림이 걸려 있었다. 출입문 맞은편 벽에 걸린 그림은 창호도 잘 아는 것으로, 라파엘로의 〈아테네 학당〉이었다. 왼쪽 벽에도 2편의 그림이 걸려 있는데 그중 하나는 낯이 익었지만 제목이 생각나지는 않았다.

　한 남자가 창호를 등진 채 〈아테네 학당〉 앞에 서 있다가 몸을 돌렸다. 창호와 눈이 마주치자 인사를 건넸다.

　"어서 오십시오."

　창호는 얼떨떨한 표정으로 엉거주춤 허리를 굽히고는 말했다.

　"여기가 어디입니까?"

　"보시다시피 미술관입니다."

　남자는 그렇게 대답하고 싱긋 웃어 보였다. 상대가 당황스러워하는 이유를 다 안다는 듯한 표정이었다. 남자가 말을 이었다.

　"선생께서 여기에 오신 이유가 있을 겁니다. 그 이유를 알아보시겠습니까?"

창호는 두려움과 호기심 사이에서 갈등하다가 고개를 끄덕였다. 남자는 다시 한 번 미소를 지어 보이고는 눈길을 오른쪽 벽으로 향했다. 여인을 기괴하게 표현한 그림을 가리키며 말했다.

"모딜리아니의 〈큰 모자를 쓴 에뷔테른〉입니다. 모딜리아니는 특정한 화파와 사조에 포함시키기 힘든 화가예요. 19세기 말과 20세기 초, 왕성한 실험 정신으로 야수파와 입체파를 비롯하여 다다이즘, 표현주의, 상징주의 등의 예술 사조와 미술 운동이 들불처럼 일어났음에도 모딜리아니는 자기만의 독자적인 화풍을 고수했죠."

거장 피카소는 아프리카의 민속 예술에 심취했고 거기에서 많은 작품의 영감을 얻었다. 모딜리아니 역시 아프리카 민속 예술, 특히 마스크와 인물 조각에 매료되었다. 회화로 미술에 입문했으면서도 5년여 동안 석조 조각에 매달리며 30여 점의 작품을 내놓은 것을 보면 그가 조각 작업에 깊이 천착했음을 알 수 있다. 모딜리아니의 회화에서는 배경이 생략되어 있는데, 이 역시 조각을 할 때처럼 오직 대상의 형태에만 집중했기 때문으로 보인다. 따라서 빛의 명암도 잘 드러나지 않는다. 모딜리아니의 회화 세계는 이런 과정을 거쳐 완성되었다.

남자가 창호에게 물었다.

"그림 속 인물에서 가장 눈에 띄는 부분이 어디인가요?"

창호는 주저하지 않고 대답했다.

큰 모자를 쓴 에뷔테른 [Portrait of Jeanne Hebuterne in a Large Hat]
이메데오 모딜리아니, 1919
캔버스 유화, 37.5×54cm
개인 소장

16세기에 활동한 이탈리아 화가 파르미자니노의 〈목이 긴 성모〉.
르네상스 이후의 매너리즘 화풍을 보여 준다.

"목입니다. 비정상적으로 길게 그렸네요."

"그렇습니다. 모딜리아니의 그림 속 인물들은 하나같이 목이 길게
늘어져 있습니다. 어떤 이들은 이러한 특징을 르네상스 이후에 잠시
형성되었던 16세기 매너리즘 사조와 비교하기도 합니다. 매너리즘
화가들은 앞선 르네상스 대가들을 흠모하면서도 도저히 따라갈 수

없는 그들의 기교에 좌절한 나머지 변형과 과장을 택했습니다. 이렇게 탄생한 결과물들이 모딜리아니의 그림 속 인체에 영향을 주었다는 거예요. 하지만 그의 초기 작품에서는 나타나지 않던 이러한 형상이 조각 작업을 한 이후에 나타난 것으로 보아 목을 길게 표현했던 아프리카 인물 조각상의 영향을 받았다는 것이 보다 설득력 있는 해석일 겁니다."

잠시 말을 끊었던 미술관 남자가 말했다.

"그리고 모딜리아니 그림의 또 다른 특징은 자신이 아끼고 사랑하는 사람만을 모델로 삼았다는 점입니다."

그 말에 창호가 물었다.

"그럼 저 여인은 화가와 어떤 관계였죠?"

"그의 아내입니다."

모딜리아니는 어릴 때부터 병약했다. 성인이 되어 접한 술과 마약이 죽을 때까지 따라다녔고, 잘생긴 외모와 묘한 매력에 이끌린 숱한 여성들과 염문을 뿌리는 동안 건강이 더욱 악화되었다. 그런 그의 삶에 에뷔테른이 찾아왔다. 죽기 3년 전이었던 33세 때, 19살의 에뷔테른이 그 앞에 나타난 것이다.

에뷔테른은 부유한 집안의 딸이었고 화가 지망생이었다. 그의 부모는 미술 수업을 받으라고 미술 아카데미에 딸을 보냈건만 에뷔테른은 스승과 사랑에 빠졌다. 부모의 반대에도 불구하고 그녀는 모딜리아니와 동거했고, 이듬해에 딸을 낳았다. 에뷔테른을 깊이 사랑했던 모딜리아니는 남은 3년의 생애 동안 그녀를 모델로 20여 점의 초상화를 그렸다.

"1920년 1월 24일, 모딜리아니는 결국 세상을 떠납니다. 장례를 치른 뒤 에뷔테른은 가족들에 의해 친정으로 끌려가 감시를 받던 중에 육 층에서 몸을 던집니다. 그녀의 뱃속에는 팔 개월 된 생명이 자라고 있었는데도 말이죠."

강렬하고 비극적인 러브스토리였다. 창호는 남자가 들려주는 이야기의 끝에 이르러 도현의 어머니인 경애 이모를 떠올렸다. 집안이 반대한 남자와 부부의 연을 맺고 혼자서 아이를 낳고 기른 강인한 여자. 자신의 목숨뿐 아니라 뱃속의 생명까지 내던진 에뷔테른에 비하면 도현의 어머니가 보다 숭고한 사랑을 했다는 생각이 들었다. 하지만 어떻게 그들의 사랑에 서열을 매길 수 있을까? 에뷔테른에게는 그녀만의 사정이 있었을 것이다.

창호에게도 강렬하고 뜨거운 사랑을 나눈 시간이 있었다. 비록 한 사람의 변심으로 맥없이 끝나 버린 사랑이었지만, 그는 그 한때의 정열에 아직도 지배당하고 있었다.

그녀의 이름은 나희였다. 군을 제대하고 학교에 복학한 뒤 취업이라는 무거운 현실 앞에서 바싹바싹 메말라 가던 창호의 하루하루에 갑자기 그녀가 뛰어들었다.

"저희 과 선배시죠? 예쁜 후배한테 밥 한 끼 사세요."

같이 수업을 듣는 후배들로부터 뒷방늙은이 취급을 당하면서 창호는 애초에 캠퍼스의 낭만 따위는 잊었다. 제대 시기가 비슷한 동기생들은 잠정적인 경쟁자였기에 그들과 어울리기도 힘들었다. 학과와 동아리 행사에 참석하는 건 주책없는 짓이었다. 어서 이 지루한 시간이 지나가기를 바라며, 강의를 듣고 학원에 다니고 학점을 채워 나갔다.

"이왕 사 줄 거면 밥보다는 술 어때요?"

나희의 당돌한 행동에도 창호는 당황하지 않았다.

"술은 네 친구들이랑 마셔."

"친구들은 연예인이랑 옷 얘기밖에 안 해. 지겨워 죽겠어."

"난 군대 얘기랑 축구 얘기밖에 몰라."

"들어 보고 내가 판단할게."

그날 창호는 나희와 술을 마셨고, 새로운 관계가 시작되었다.

무엇이 어떻게 되어 가는지 모르는 혼란스러운 상황 속에서 나희의 부피가 점점 커져 갔다. 창호는 숨기고 싶었지만, 나희는 굳이 감추지 않았다. 강의실에서 옆자리에 앉아 과감하게 스킨십을 했고, 교정을 걷고 있을 때면 어느덧 다가와 서슴없이 팔짱을 꼈다. 창호도 점점 대담해졌다. 나희 또래 남학생들의 시샘 어린 눈길을 즐겼다. 일부러 동기생들을 불러내 술자리를 마련하고 나희를 소개시키며 우쭐해했다. 두 사람의 데이트는 으레 창호의 자취방에서 끝을 맺었다. 26살 청년이 할 말은 아니지만, 창호는 나희를 만나면서 '회춘'하는 것만 같았다. 그렇게 꼬박 6개월을 뜨겁게 지내는 동안 창호의 성적은 엉망이 되었고, 학점이 모자라서 유급까지 했다. 하지만 멈추고 싶지 않았다. 영원히 지속될 것 같은 사랑과 열정 속에 머무르고 싶었다.

"갑자기 다 시시해졌어."

창호가 한창 나희와의 미래를 꿈꾸며 부풀어 있던 때에 그녀가 결별을 선언했다. 나희는 22살이었고, 창호에게는 아직 어린아이였다. 그런 투정 따위 언제든 받아 주리라, 생각했다. 하지만 나희는 휴학계를 내고 집으로 돌아가 버렸다. 오래지 않아 옛 애인과 함께 영국으로 어학연수를 떠났다는 소식이 들려왔다.

도저히 헤어나기 힘든 슬픔과 절망 속에서 시름시름 앓던 그는 자취방에서 자살을 선택했다. 운 좋게 미수에 그쳤지만, 영혼이 빠져나간 그의 육신은 모든 것에 무감각해졌다. 겨우 졸업을 하고 고향으로 돌아와 작은 회사에 취직했고, 그곳에서 아내를 만났다.

"〈큰 모자를 쓴 에뷔테른〉은 모딜리아니 초상화의 전형적인 형태를 보여 줍니다. 타원형 얼굴과 길고 가느다란 목과 손, 눈동자 없는 푸른 눈이 그렇죠. 배경으로 그려진 벽과 소파는 에뷔테른이 착용한 모자, 옷과 비슷한 색깔로 처리해서 겨우 윤곽선만으로 구분됩니다.

그래서 그림을 보는 사람은 인물에만 집중할 수 있습니다. 일부 평론가들은 챙이 큰 모자를 성모 마리아의 후광으로, 두 손가락은 세상을 축복하는 그리스도의 제스처라고 설명합니다. 에뷔테른이 말년에 이른 모딜리아니의 삶을 진실한 사랑과 행복으로 이끌었다는 사실을 생각하면 어느 정도 공감할 수도 있을 겁니다."

분명 창호의 아내는 돌처럼 딱딱하게 굳어 버린 그의 육신과 감성에 다시금 피를 돌게 한 사람이었다. 한때의 뜨거운 사랑으로부터 배신당하고 상처 입은 육신과 영혼을 어루만져 주었다. 창호는 단한 번도 아내의 사랑을 의심해 본 적이 없었다. 하지만 아내를 사랑하느냐는 스스로의 물음에 창호는 답하지 못했다. 부지불식간에 그의 의식은 나희와 함께했던 시간으로 달아나고는 했다. 그것은 참으로 잔혹하고도 달콤한 유혹이었다. 통제를 벗어난 머리와 가슴에 당혹스러워하면서도 창호는 수치스럽고 설레며 아프면서도 짜릿한 그때의 기억을 즐겼다. 그래서 아내 앞에서 떳떳할 수 없었다. 그리고 한편으로는 평탄하고 안정된 아내와의 결혼생활에 결여된 무언가를 그 뜨거웠던 시간 속에서 찾으려고 했다.

"에뷔테른이 투신자살하고 십 년이 지난 뒤, 따로 묻혔던 그들은 파리 페르라세즈 묘지에 합장되었습니다. 짧고도 강렬한 사랑을 나누었던 두 사람은 영원의 시간 속에서 반려로 함께하게 된 거죠."

설명을 마친 뒤 미술관 남자는 모딜리아니와 에뷔테른에게 묵념

하듯 고개를 숙인 채 눈을 감았다. 창호는 왠지 남자를 따라해야 할 것만 같은 강박에 이끌려 똑같이 행동했다. 하지만 창호의 머릿속에는 나희와 아내가 아른거렸다. 나희와 내가 끝까지 사랑했을까? 돌이켜보면 그것은 파국이 예정된 사랑이었다. 언젠가 끝날 것을 알았기에 더 열정적으로 매달렸는지도 모른다. 희극보다 비극이 더 오래 기억에 남듯, 그래서 그 아픈 기억에서 벗어나지 못하는 것은 아닐까? 창호는 생각했다.

●

"또 한 편의 러브스토리를 들려드리겠습니다. 이 그림을 보십시오."

남자는 출입구 맞은편 벽에 걸린 〈아테네 학당〉으로 창호의 시선을 이끌었다. 이 그림에도 러브스토리가 있나? 창호는 다소 의아하다고 생각하면서도 남자의 설명에 귀를 기울였다.

"르네상스 시대의 위대한 화가 라파엘로(1483~1520)의 〈아테네 학당〉입니다. 라파엘로가 활동하던 시기에 또 다른 두 명의 천재 레오나르도 다빈치(1452~1519)와 미켈란젤로(1475~1564)가 이탈리아의 피렌체에서 활동했죠. 미술 역사상 가장 위대한 천재로 꼽히는 세 사람이 동시대에 같은 장소에서 활약했다는 사실은 확률상 기적에 가까운 일이었어요. 라파엘로는 나머지 두 사람이 비교적 천수를 누린 데 비해 서른일곱이라는 젊은 나이에 요절했습니다. 흔히들 일찍 죽은 위인을 이야기할 때 '미처 꽃을 피우기 전에'라는 수식어를 달고는 하는데, 라파엘로에게는 이런 표현이 무색할 정도로 일찍이 어느 누구도 넘볼 수 없는 예술적 성취를 이루었고 높은 지위를 누렸습니다."

라파엘로는 사후 400년 동안, 전혀 새로운 기법과 관점으로 회화에 접근한 인상주의가 출현할 때까지 모든 예술가로부터 '회화의 신'이자 서양 예술의 교과서적 인물로 추앙받았다. 모든 화가들이 그의 그림을 따라 그렸으며, 그의 작업 방식을 흉내 냈다.

미켈란젤로가 괴팍하고 자기주장이 강해서 교황과 자주 부딪쳤던 것과 달리 라파엘로는 성격이 친절하고 상냥하며 고분고분할 뿐만 아니라 용모가 뛰어나서 교황을 비롯한 당대의 권력가들로부터 총애를 받았다. 이처럼 원만한 관계 속에서 라파엘로는 교황의 집무실 벽에 여러 개의 프레스코 벽화를 남겼는데, 그중에서 가장 유명한 작품이 바로 〈아테네 학당〉이다.

"르네상스기에 접어들어 유럽인들은 중세 동안 신에 얽매였던 사슬을 벗고 인간 중심의 이성을 회복합니다. 그리스 시대의 학문과 예술을 부활시켜서 삶에 적용하는 이른바 문예부흥이 일어나면서 현세의 욕구와 합리적 사고, 인간의 개성을 추구하게 되었어요. 이러한 흐름은 문학과 건축, 자연과학뿐만 아니라 미술 분야에서도 두드러

아테네 학당 [School of Athens]
라파엘로 산치오, 1510~1511
프레스코, 770×500cm
이탈리아, 바티칸 미술관

졌는데, 라파엘로는 서양 문명의 근원이었던 그리스의 위대한 철학자들을 주인공으로 등장시킨 이 그림을 통해 당대의 시대정신을 표현하고자 했습니다."

창호는 남자의 설명을 들으면서 조금씩 〈아테네 학당〉에 다가갔다. 컴퓨터 화면이나 책을 통해서 그 그림을 여러 번 보았지만, 그림 속 인물들을 하나하나 살펴본 것은 그때가 처음이었다. 그림 속에는 그리스 철학의 태두라 할 수 있는 소크라테스를 비롯하여 플라톤과 아리스토텔레스, 아르키메데스, 피타고라스, 유클리드 등의 철학자들, 그리고 조로아스터, 알렉산더 대왕 등 고대의 역사적 인물들도 자리하고 있다.

당연히 라파엘로는 그림 속 인물들을 실제로 본 적이 없었기에 그림을 그릴 당시의 유명한 사람들을 모델로 삼았다. 플라톤은 외모에서 신비로운 느낌을 주었던 레오나르도 다빈치를 모델로 해서 그렸고, 고뇌하는 헤라클레이토스를 그릴 때는 미켈란젤로를 본떴다. 베드로 성당의 건축 책임자였던 이탈리아의 건축가 브라만테는 수학자 유클리드가 되어 그림 속에 자리 잡았다.

"대부분의 화가는 그림을 완성하고 난 뒤 서명을 남깁니다. 그런데 르네상스와 바로크 시대의 회화를 보면 화가가 자신의 얼굴을 그림 속에 그려 넣어서 서명을 대신한 경우가 많습니다. 그를 통해 그림 속의 위대한 순간을 함께하고 있다는 자부심을 느끼고 싶었을 겁니다. 그리고 이러한 장치는 그림 속에서 화면 밖으로 시선을 던지는 인물을 배치함으로써 관람자를 그림으로 끌어들이는 안내자 역할을 하기도 합니다. 이를 '컨덕터(conductor)'라고 하죠."

미술관 남자가 창호에게 다가서며 말했다.

"이 그림에서 라파엘로를 찾아보십시오. 힌트는 화면 밖으로 시선을 던지는 인물, 즉 컨덕터입니다."

창호는 그림 속 인물들의 시선을 자세히 살폈다. 거의 모든 인물이 열띤 토론을 하고 생각에 잠겨 있거나 책을 읽거나 무언가를 쓰고 있었다. 그러다가 수업 시간에 딴 짓을 하듯, 아니 그보다는 영화를 촬영하는 동안 보지 말아야 할 카메라를 응시해서 분위기를 망쳐 버린 것 같은 인물을 발견했다. 그런데 창호가 확인한 바로는 컨덕터가 2명이었다.

"제 눈에는 두 사람이 보이는데…… 둘 다 라파엘로입니까?"

미술관 남자가 박수를 쳤다.

"오, 눈썰미가 좋으시네요. 정답입니다. 더 정확히 말하면, 두 사람은 각각 다른 인물이에요. 한 사람은 라파엘로이고, 나머지는 여자입니다."

그림의 오른쪽 구석 기둥 뒤의 흰옷을 입은 사람에 가려진 채 얼굴만 내밀고 곁눈질을 하며 화면 밖을 바라보고 있는 인물이 라파엘로다. 그렇다면 그림의 왼쪽 중앙에 풍성한 흰옷을 입고 고개를 돌

<아테네 학당>에서 화면 밖을 응시하는 두 인물(컨덕터)

려 화면 밖을 응시하는 이 여인은 누구일까? 미술관 남자의 설명이 이어졌다.

"라파엘로는 잘생긴 용모와 친절한 성격으로 뭇 여성들의 흠모를 받았습니다. 여성들뿐 아니라 고위 권력자들도 라파엘로를 자기네 가족으로 맞아들이려는 노력을 했죠. 한 추기경은 자신의 조카와 라파엘로를 맺어 주기 위해 꽤 공을 들였습니다. 고분고분한 라파엘로는 그들의 제안을 거절하지 않았습니다. 이런 식이었겠죠. '네네, 알겠습니다. 그리하겠습니다.' 하지만 차일피일 미루었어요. 죽을 때까지 겉으로는 수락하는 척하면서도 권력자들의 제안에 따르지 않았어요. 왜일까요? 사랑하는 여인이 있었기 때문입니다. 제빵사 집안의 딸이어서 신분이 미천했던 탓에 반려로 함께할 수 없었지만, 라파엘로는 마지막까지 그녀를 사랑했습니다.”

라파엘로와 함께 컨덕터 역할을 맡고 있는 그림 속 여자는 이집트 알렉산드리아의 철학자 히파티아다. 이 역시 라파엘로는 주변 사람을 모델로 삼았는데, 그녀가 바로 라파엘로의 연인이었던 마르게리타였다.

“라파엘로는 마르게리타와 맺어질 수 없지만 영원히 함께할 방법을 생각해 냈습니다. 같은 곳을 바라봄으로써 관람자의 눈동자에 맺힌 서로를 확인하는 거죠. 그러니까 이 그림을 바라보는 우리는 시공간을 초월한 두 사람의 사랑을 이어 주는 가교 역할을 하고 있는 셈이에요. 수백 년 세월 동안 그들은 그렇게 관람자의 눈을 통해 서로를 애틋하게 바라보고 있습니다.”

미술관 남자가 몸을 돌려 〈큰 모자를 쓴 에뷔테른〉과 나란히 걸려 있는 그림 쪽으로 향했다. 창호는 이제 완전히 두려움에서 벗어나 그를 따라 움직였다.

“이 그림을 보십시오. 역시 라파엘로의 작품 〈라 포르나리나〉입니다. ‘라 포르나리나(La fornarina)’는 이탈리아어로 ‘제빵사의 딸’이라는 뜻입니다. 라파엘로는 죽을 때까지 이 그림에 대해서 밝히지 않았습니다. 당시로서는 사회적으로 용인되지 않았던 여인의 반라를 초상화로 남겼는데, 라파엘로는 여자가 왼팔에 차고 있는 암릿(armlet, 팔

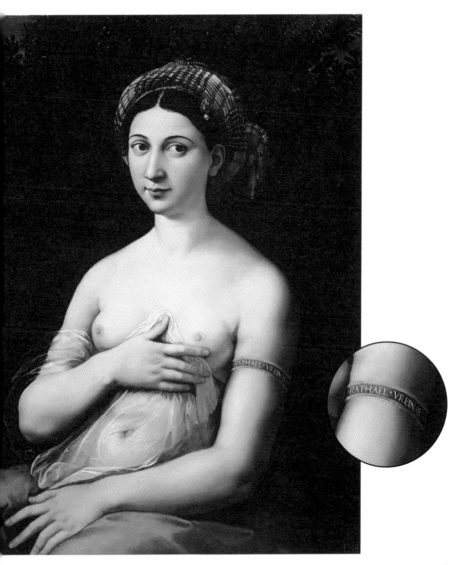

라 포르나리나 [La fornarina]
라파엘로 산치오, 1519
패널 유화 60×85cm
이탈리아 로마, 국립 고전 미술관

꿈치의 위나 아래에 차는 장신구)에 자신의 이름을 선명하게 새김으로써 단서를 남겼어요. 이 여자가 바로 마르게리타였던 거죠."

창호는 그림 속 여인을 바라보았다. 아무런 부끄러움도 없이 사랑하는 남자 앞에서 상체를 드러낸 여인의 시선은 정면에서 약간 비껴나 있었다. 창호는 여인과 눈을 맞추기 위해 오른쪽으로 몸을 옮겨 보았다. 그러자 곁눈질하는 여인의 눈과 시선을 맞출 수 있었다. 그 눈동자는 이렇게 말하는 듯했다. '쉿, 비밀을 지켜 주세요.' 이제 라파엘로와 마르게리타의 사랑은 비밀이랄 것도 없지만, 살아생전 그들이 은밀하게 나누었던 사랑의 아슬아슬한 느낌이 그 눈동자를 통해 전해지는 것만 같았다.

창호가 미술관 남자에게 물었다.

"라파엘로가 요절했다고 하셨는데, 마르게리타는 이후에 어떻게 되었죠?"

남자가 답했다.

"라파엘로가 죽고, 마르게리타는 수녀원으로 들어갔습니다. 그리고 이듬해에 사랑하는 사람을 따라 세상을 떠났습니다."

사실 창호는 아내를 처음 만난 순간을 기억하지 못했다. 나희가 도발적인 인상을 남기며 창호의 삶에 끼어든 것과 달리 아내는 밤새 내린 이슬이 잎을 적시듯 그의 삶에 스며들었다. 직장 동료들에게 쉽사리 곁을 내 주지 않던 창호는 어느 날 문득 부쩍 눈에 자주 들어

오고 자꾸만 엮이는 한 존재가 있음을 알아차렸다. 아무런 이물감도 느끼지 못한 사이에 자신 곁에 자리 잡은 존재를 느낄 때마다 창호는 마음이 든든했다. 그 안전함과 평화로움 속에 둥지를 틀고 싶었고, 그는 용기를 내었다.

"같이 살까요?"

청혼 반지도 없고 소소한 이벤트마저 생략한 그 멋없는 말 앞에서 아내는 당연히 그래야 한다는 듯 조금도 주저하지 않고 고개를 끄덕였다. 생각해 보면 참으로 시시한 출발이었지만, 창호는 그날을 떠올릴 때마다 자신이 오래전부터 준비된 어느 순간에 이르러 마침 가장 적절한 행동을 했다고 생각하고는 했다. 반드시 있어야 할 자리에 그가 있었고, 그 곁에 아내가 있었으며, 무언가가 무르익은 그때에 두 사람은 부부가 되기로 마음먹었던 것이라고.

창호는 〈아테네 학당〉에 암호처럼 숨겨진 두 컨덕터를 번갈아 보았다. 그는 마르게리타가 서 있는 자리에 나희를 세워 보았다. 그녀를 떠올릴 때마다 느껴지는 불안한 설렘이 몰려왔다. 이번에는 아내를 그 자리에 놓았다. 그러자 불완전했던 그림이 비로소 완성되고 불안과 초조가 점점 희미해졌다. 무엇을 선택해야 할지 자명한데도 나는 왜 그토록 갈등했던가? 생각에 빠져 있는 사이 미술관 남자의 음성이 들려왔다.

"잠깐 시간을 갖고 이 그림을 마저 감상해 보세요."

남자의 말에 따라 창호는 왼쪽 벽에 걸린 2편의 그림을 감상했다. 하나는 부부로 보이는 한 쌍의 남녀가 밀짚 위에 곤히 잠들어 있는 모습을 그린 것이었고, 다른 하나는 젊은 부부와 이제 막 걸음마를 시작한 아이를 표현한 그림이었다. 첫 번째 그림에서는 노곤하면서도 나른한 평화가 느껴졌고, 두 번째 그림에서는 단란한 행복이 느껴졌다. 창호가 남자에게 물었다.

"혹시 밀레의 그림인가요?"

남자가 고개를 끄덕이며 대답했다.

"맞습니다. 왼쪽 그림은 〈낮잠〉이라는 작품이고, 오른쪽 것은 〈첫걸음〉입니다."

잠시 사이를 두고 남자가 물었다.

"어떤 느낌이 드십니까?"

"나른합니다. 평화롭고 행복해요. 저 풍경 속으로 스며들어 휴식을 취하고 싶다는 생각이 들어요. 아이가 걸음을 떼는 그림을 보고 있자니 절로 입가에 미소가 잡히네요."

"밀레는 농민을 고귀하게 여겼고, 그들의 고달픈 일상과 현실을 숭고한 장면으로 남겼습니다. 대혁명을 겪은 프랑스의 부르주아와 귀족들은 밀레의 그림 속에 나타난 농민들을 보면서 혹시나 그가 기

낮잠 [Noonday Rest]
장 프랑수아 밀레, 1866
직물 종이에 파스텔과 크레용, 41×29cm
미국 보스턴, 보스턴 미술관

첫걸음 [The First Step]
장 프랑수아 밀레, 1858
직물 종이에 파스텔과 크레용, 43×32cm
미국 미시시피, 로렌 로저스 미술관

득권층에 대한 하층민의 반발을 염두에 둔 것이 아닐까 하고 의심했습니다. 평론가들도 그의 그림에 등장하는 농부들에 거창한 의미를 부여했지만, 밀레는 자신이 태어난 이후에 봐 온 친근한 장면을 화폭에 담았을 뿐이라고 말했습니다."

밀레와 떼어 놓고 이야기할 수 없는 화가가 빈센트 반 고흐다. 고흐는 선배 화가들 중에서 밀레를 가장 존경했다. 가난하고 소외된 사람들의 삶을 그림으로 표현하고 싶었던 고흐는 밀레의 그림을 수없이 모사하며 실력을 갈고 닦았다.

정신 병원에서 지내던 고흐는 동생 테오에게 밀레의 그림을 병원으로 보내 달라고 부탁했다. 당연히 진품을 보낼 수 없었고, 요즘처럼 컬러 사진이 있던 시기도 아니었기 때문에 테오는 밀레의 그림을 판화로 복제한 단색의 그림을 보냈다. 고흐는 〈낮잠〉의 형태를 본떠서 스케치를 하고 자기만의 색깔을 입혔다. 이렇게 탄생한 작품이 '고흐의 〈낮잠〉'이다.

"고흐는 '색은 화가의 감정을 전달해 준다.'고 했습니다. 밀레의 그림이 평안과 고요를 주는 것에 비해 고흐가 재해석한 〈낮잠〉에서는 휴식을 취하고 있는 부부에게서도 생명력이 도드라집니다. 정중동(靜中動)이라고 할까요? 목가적인 풍경 속에 잠들어 있는 사람을 그리면서도 고흐는 자신 속에 내재해 있는 터질 듯한 감정을 고스란히 보여 주었어요."

빈센트 반 고흐가 밀레의 그림을 모사한 〈낮잠〉(위)과 〈첫걸음〉(아래)

창호는 밀레의 그림들을 보면서 '동행'이라는 단어를 떠올렸다. 저 농부들의 삶이 평화롭고 행복하지만은 않았을 것이다. 하지만 고단한 일상을 함께하고 같이 휴식을 취하는 동반자가 있으며, 사랑으로 맺은 한 생명이 자라는 것을 목격하는 삶이란 참으로 아름다운 것이었다. 창호는 가을 햇살 아래 잠든 부부를 보면서 가족이란 함께 먼여행을 하는 동지라는 기특한 생각을 했다. 친정의 자기 방에서 곤히 잠들어 있을 아내를 떠올리자 코끝이 시큰했다.

"유익한 시간이었나요?"

남자의 물음에 창호는 말없이 고개를 끄덕이고 나서 미소를 지어 보였다.

창호는 건물을 나서서 맞은편에서 깜빡거리고 있는 보안등 불빛을 올려다보았다. 사라졌던 별과 달이 제자리에 돌아와 있었다. 그는 건물 쪽을 돌아보았다. 예상한 대로 불이 꺼져 있었고, 낮에 보았던 그 모습 그대로 돌아가 있었다. 보안등과 건물 출입구를 번갈아 보던 그는 무언가 알아차렸다는 듯 고개를 끄덕였다. 그는 참 긴 하루였다고 생각하며 걸음을 옮겼다.

●

다음 날 점심 무렵에 창호는 장인어른 댁으로 향했다. 하루를 안

봤을 뿐인데 그 사이에 아내의 배가 더 부른 것처럼 보였다. 창호는 그 집에서 저녁까지 먹고 나섰다. 차 안에서 아내가 물었다.

"무슨 좋은 일 있었어요?"

"아니. 왜?"

"오늘 당신이 잘 웃는 것 같아서요."

그 말에 창호는 아내의 손을 잡고 힘을 주었다. 영문을 모르는 아내는 조심스럽게 창호의 얼굴을 살폈다. 창호는 아무 일 아니라는 듯 고개를 흔들고 미소를 지었다.

그날 밤, 창호는 침대 위에서 곤히 잠든 아내의 얼굴을 보았다. 달빛인지 가로등 불빛인지 모를 밝은 기운이 창을 통해 들어와 아내의 얼굴을 어루만졌다. 그는 아내가 깨지 않도록 살며시 아내의 배에 손을 대었다. 오르락내리락하는 배의 움직임에 맞추어 심장의 고동이 손끝에 전해져 왔다.

이제 곧 창호는 아빠가 된다. 한 명의 인간이 짝을 만나 남편이 되었고, 다시 아빠가 되는 것이다. 청춘의 한때를 수놓은 추억 속의 사람을 굳이 밀어낼 필요는 없을 것이다. 좋은 결과를 맺지 못했다 해서 그때 일어난 일과 관계를 부정할 이유도 없다. 우리 대부분은 한때 뜨겁게 누군가를 사랑했고 실패했고 절망했다. 활화산에서 솟아오른 용암이 시간이 지남에 따라 바위가 되고 비옥한 토지가 되듯 우리 안의 열정도 조금씩 시간에 맞게 온도를 달리하며 쓸모 있는 감정으로 변화하는 것이다. 창호는 생각했다. 어쩌면 내가 그리워했던 사람은 나희가 아니라 나희를 뜨겁게 사랑했던 청춘의 시간 속 자신이었는지도 모른다고. 한 사람의 가장이 되고 아빠가 되는 문턱에서 심한 홍역을 치른 거라고. 창호는 그날 밤 아내의 얼굴을 들여다보며, 많은 것을 꿈꾸었고 사랑했고 아파했고 그래서 펄떡이는 생명력을 가누기 힘들었던 10년 전의 자신에게 안부를 전하고 작별을 고했다. 그리고 다시 시작될 삶의 새로운 순간 속에 자신을 맡기겠다고 마음먹었다.

창호는 밀레의 〈낮잠〉 속 여인이 그런 것처럼, 아내의 어깨 쪽에 머리를 대고 모로 누웠다.

아를의 침실

도현은 매일 편의점에 가기 전 3시간씩 시간을 내어 백화점 건물을 청소했다. 훈철이 구해 준 업소용 진공청소기로 바닥의 먼지를 걷어 내고 천정의 거미줄을 싹 치우고 물걸레로 바닥을 깨끗이 닦았다. 훈철이 도움을 주었고, 토요일과 일요일에는 정현과 인철도 거들었다. 그렇게 청소를 하는 데만도 꼬박 10일이 걸렸다.

청소를 마친 화요일 낮에 정현이 건물로 찾아왔다.

"전시회 이름을 뭘로 할 거야?"

"꼭 이름이 있어야 돼?"

"당연하지."

"하지만 아직 엄마 그림을 못 봐서 뭐라고 해야 할지 모르겠어."

"그럼 내가 알아서 할게. 암튼 크리스마스이브 전에는 꼭 전시회를 열자."

도현은 얼떨결에 고개를 끄덕였다.

청소를 시작한 지 12일째에 주민 센터 직원들이 이젤을 트럭에 실어 왔다. 13일째 밤에 편의점 일을 마치고 귀가하던 도현은 백화점 건물 출입구 위에 붙은 현수막을 발견했다.

故 양경애 작품전
송구영신의 뜻 깊은 시간을 양경애 화백의 그림과 함께 시작하세요!

도현이 미소를 지었다. 휴대폰을 꺼내 정현에게 문자를 보냈다.

'고마워, 정현아.'

답장이 돌아왔다.

'영화와 밥에 술까지 풀코스로'

12월 15일 일요일에 도현과 정현, 인철, 훈철이 도현 어머니의 그림을 백화점 건물 2층으로 옮겼다. 네 사람의 행동은 대단히 조심스러웠다. 이윽고 18개의 이젤에 18개의 캔버스가 자리를 잡았다. 도현은 너무 오랫동안 창고 방에 있어서 혹시나 그림이 상하거나 색이 바라지 않았을까 걱정되었다. 정현과 도현이 캔버스를 감싼 종이를 하나씩 벗겨 냈다. 정현이 벗겨 낸 그림을 보고 훈철이 말했다.

"박 씨 아저씨 집 올라가는 계단이네. 햐, 이렇게 보니까 감회가 새롭구먼."

도현이 벗겨 낸 그림에는 구멍가게와 현이네 분식이 있는 거리의 풍경이 담겨 있었다. 지금과는 달리 도현 어머니의 그림 속 거리는 사람들로 붐볐고 활기가 가득했다. 영달동이 쇠락하기 전의 모습을 담은 것이었다.

"인철이, 이리 와 보게."

정현이 두 번째로 종이를 벗겨 낸 캔버스를 보고 훈철이 말했다. 인철이 다가가자 훈철이 말을 이었다.

"여기는 자네한테도 낯이 익지?"

인철이 고개를 끄덕이며 대답했다.

"선창가네요. 그림 속 바다가 참으로 푸르고 아름답습니다."

정현이 세 번째 벗겨 낸 그림을 찬찬히 살펴보는 인철의 눈이 점점 커졌다. 그는 반대편에서 캔버스의 종이를 벗겨 내고 있는 도현을 아찔한 눈길로 바라보았다. 도현이 인철의 시선을 느끼고 돌아섰다. 자신과 그림을 번갈아 보는 인철의 표정이 심상치 않다는 걸 알아챈 도현이 인철에게 다가갔다. 인철 앞에는 도현의 어머니가 따라 그렸던 〈아를의 침실〉이 놓여 있었다.

도현이 다가가서 말했다.

"고흐의 〈아를의 침실〉을 엄마가 모사한 거예요. 꽤 오랫동안 그리셨는데, 결국엔 이렇게 완성하셨네요."

도현의 말에도 인철은 아무런 반응을 보이지 않고 도현의 눈만 쳐다보았다. 이상한 생각이 들어 도현은 허리를 굽히고 그림을 자세히 들여다보았다. 엄마는 〈아를의 침실〉의 어떤 버전을 따라 그렸을까? 그림 속 침대 위에 걸려 있는 2편의 초상화를 확인했다. 그 순간, 도현은 너무 놀란 나머지 그대로 얼어붙고 말았다.

도현과 인철 뒤에서 그림을 들여다보던 훈철이 두 사람 사이를 파고들어 그림에 다가갔다.

"가만 보자. 여기 이 그림은 도현이 너지? 그리고 옆에 그림은……"

미간을 모은 채 그림을 응시하던 훈철이 무언가를 알아차린 듯 소리쳤다. 하지만 이미 도현의 귀에는 아무 소리도 들려오지 않았다.

침대 위 오른쪽 초상화 속의 인물은 도현 자신이었다. 그리고 그 옆에 있는 초상화 속에는 낯익고 친근했으나 누군지 알 수 없었던 바로 그 사람…… 영달동 미술관의 도슨트 남자가 있었다.

그제야 도현은 어머니가 이 그림을 그리는 데 왜 그렇게 오래 걸렸는지 이해했다. 그토록 캔버스에 되살리고 싶어 했지만 번번이 실패했던 사랑하는 남자의 얼굴을 그림 속의 작은 그림으로나마 새겨넣기 위해, 훗날에라도 두 사람을 만나게 하기 위해, 점점 너덜너덜해지는 기억을 한 땀 한 땀 기워 내느라 어머니는 그 오랜 시간을 병과 싸우면서 마지막 생명을 불살랐던 것이다. 지금 도현이 보고 있는 〈아를의 침실〉은 평생 그리워하고 사랑한 사람과 함께하고 싶었던 마음 속 공간을 담은 어머니의 마지막 작품이었다.

도현은 그림을 그리는 어머니의 뒷모습을 보았다. 하지만 자꾸만 눈물이 가로막아서 어머니의 모습이 희미하게 멀어졌다.

루브르 박물관의 〈모나리자〉 앞이 문전성시를 이루듯, 러시아 상트페테르부르크에 있는 에르미타주 미술관에서 관람객이 가장 붐비는 곳은 〈탕자의 귀환〉 앞이다. 위대한 화가 렘브란트의 그림 솜씨 때문만은 아니다. 방황하며 모든 것을 탕진하고 돌아온 아들을 받아들이는 부정(父情)을 표현한 그림 앞에서 눈물을 흘리는 사람이 적지 않다. 나이와 성별, 인종과 민족에 상관없이 그렇다. 아버지를 향한 그리움을 떠올리는 사람들일 것이다.

고흐는 별을 사랑했고, 죽어서 그곳까지 걸어가고 싶어 했다. 그가 꽃처럼 표현한 별을 보고 있으면 안타까움과 미안함에 눈시울이 뜨거워진다. 벨기에 왕립 미술관에서 만난 브뤼헐의 〈이카로스의 추락〉은 내 삶을 돌아보게 했다. 화려한 성공보다는 일상의 소소한 행복과 사랑하는 가족이 가장 중요하다는…….

그림에는 저마다 사연이 있다. 그것이 탄생하기까지의 일화와 배경이 무궁무진할 뿐만 아니라, 그림을 바라보는 관람자의 시각에 따라 해석도 제각각이고 감동의 울림도 셀 수 없을 만큼 다양할 것이다. 러시아의 대문호 톨스토이는 예술을 '작가가 경험한 감정을 타인에게 전달하는 아름다운 수단'이라고 표현했다. 어느 대상을 보고 듣고 읽었을 때 내 마음에 무언가가 전달된다면 그것이 곧 예술이고 '좋은 작품'이 된다.

시 한 구절, 소설 한 줄에 눈물 흘리고, 아름다운 음악 선율과 감성을 자극하는 가사가 마음에 닿으면 즐겁고 때로는 아련해진다. 예술이 주는 감동의 선물이다. 그런데 문학과 음악에는 쉽게 마음을 열면서 미술에는 담을 쌓은 사람들을 많이 보았다. 미술도 분명 예술의 중요한 부분일 텐데, 삶의 카타르시스와 감동, 힐링을 줄 수 있는 미술을 모르고 산다면 너무 아깝지 않은가.

클래식 공연을 처음 보러 간 사람은 어떻게 감상해야 할지 알 수가 없어 몰려오는 졸음을 쫓으며 버틴다. 도스토옙스키의 소설은 내용을 떠나 책의 두께만으로도 쉽게 다가가기 힘들다. 그러나 문학과 음악의 맛을 알기 시작하면 푹 빠져들고 거기에서 기쁨을 얻을 수 있듯이 미술도 관심을 갖고 조금씩 알아 가면 충분히 즐길 수 있다. 모르기 때문에 어려운 것이다.

44살이 되면서 인생의 10가지 계획을 세웠다. 책 1,000권을 읽고 미술 전문가가 되고 싶었고, 미술 강의를 하고 싶었고, 유럽 미술 순례를 하고 싶었다. 하나씩 이루어 가던 중에 부끄럽지만 책을 한 권 내기도 했다. 지금 내 나이 49살에 우연한 기회로 좋은 사람들을 만나 두 번째 책을 진행할 수 있었다. 이제 인생 계획 10개 중 6번째 단계를 지나고 있다. 막연할 줄 알았던 계획들이 거짓말같이 순조롭게 하나씩 맞아 들어가고 있다.

"미술을 잘 몰랐는데, 선생님 강의를 듣고 정말 좋아졌어요. 앞으로 관심을 갖고 감상할 거예요."

이런 말을 들을 때마다 큰 응원이 되고 얼마나 뿌듯한지 모른다. 강의를 통해 예전의 나처럼 미술을 몰라서 삶의 아름다운 감동을 모른 채 지나칠 수밖에 없었던 그들에게 조그만 계기를 마련해 주고자 했다. 이번에 펴내는 이 책이 미술을 잘 모르는 이들에게 내가 좋아하는, 내가 힘을 얻었던 미술을 쉽고 편하게 알려 주는 일에 보탬이 되기를 바란다. 이 책을 징검다리 삼아 예전에 지나쳤던 감동을 느끼고, 지친 마음 한 구석이 그림 한 편을 통해 풀리기를 기대한다.

영화 시상식이나 책의 〈Thanks to〉 부분을 보며 관객과 독자가 모르는 가족과 지인에게 전하는 감사 인사를 사족이라고 생각했다. 그러나 그 자리에 서 있기까지, 한 권의 책이 나오기까지의 도움은 말 몇 마디로 다 할 수 없음을 이제야 깨달았다. 이 책의 첫 아이디어를 낸 김상훈 작가와 행복한작업실의 이양훈 편집장, 임동건 부장에게 진심으로 감사를 전한다. 이 세 사람이 없었으면 결코 이 책이 나올 수 없었음을 잘 알고 있다. 글을 쓰면서 많이 배웠고 성장할 수 있었다. 더불어 나의 자랑인 어여쁜 아내 혜영과 지혜로운 아들 승빈에게도 고마움을 전한다.

오랫동안 투병하신 아버지를 지난 7월에 보내 드려야 했다. 아버지 곁을 지키면서 그림의 자료를 찾고 해석하고 쓰면서 나 역시 힐링을 받고자 노력했다. 이 책이, 그림이 내 곁에 있었다. 미술은 감동이고 행복이다.

2020년 여름, 피지영

책을 마치며 2

"힐링 미술관 어때?"

역사책을 주로 펴내는 김상훈 작가의 한마디에서 이 책이 시작되었다.

책을 기획하는 데에는 크게 두 가지 방향이 있다. 머릿속에 떠오른 막연한 아이디어를 구체적으로 형상화하면서 하나의 문장이나 키워드로 수렴해 가는 과정을 거치는가 하면, 그냥 툭 던져진 인상적인 키워드를 한 편의 이야기로 확산시키는 방식을 취하기도 한다. 다른 분들은 어떤지 모르겠으나, 나는 이 둘 중 하나의 방식을 선택하거나 두 가지 경로를 결합하는 방법으로 책을 기획해 왔다. 다만 여기서 한 가지 고백할 사실은 이렇게 만든 대부분의 기획들은 아직 적합한 저자를 찾지 못한 채 한 장짜리 기획안과 리스트로만 존재하고 있다는 점이다.

　김 작가의 저 말을 듣는 순간, 머릿속에 하나의 장면이 떠올랐다. 캄캄한 밤에 엷은 조명이 켜진 건물로 들어서는 사람의 뒷모습. 그 안에 무엇이 있는지, 무엇이 기다리는지도 모른 채 두려움과 설렘을 품고서 미지의 세계로 발을 내딛는……. 그리고 여러 가지 이야기가 떠올랐다. 이제 필요한 것은 그 이야기들의 주제와 서사를 이끌어 가는 징검다리가 될 '미술'을 적재적소에 배치해 줄 전문가였다.

　김 작가를 처음 만난 때가 2007년이었다. 위즈덤하우스라는 출판사에서 근무하던 나는 당시 거듭된 자기계발 우화의 성공에 편승하려고 저자를 물색하던 중 같은 팀의 박지숙 씨로부터 김상훈 작가를 소개받았다. 둘 다 서로의 첫인상이 나쁘지 않았던 듯 이후 자주 술을 마셨고, 술자리에서 갖가지 아이디어를 쏟아내던 김 작가는 오래지 않아 『통 세계사』라는 베스트셀러를 펴냈다. 이후 숱한 우여곡절을 거치며 벌써 15년 가까이 관계를 이어 오고 있다. 조금 더 솔직히 말하자면, 김상훈 작가는 오랜 술친구이자 나의 대표 작가다.

김 작가가 쌓아 온 오랜 인간관계 속에 피지영이라는 사람이 있었다. 어느 날 갑자기 미술에 미쳐서 1,000권의 미술 서적을 독파하고 유럽으로 미술 기행을 떠난, 변태 기질이 다분한 이였다. 하지만 김 작가와 15년 가까이 교류하면서도 나는 그를 몰랐다. 한번쯤 어느 술자리에서 마주쳤을 법도 한데, 전혀 교차 지점이 없었다. 그러던 중 김 작가의 뜬금없는 한마디로 경계가 무너졌다.

"힐링 미술관 어때?"

그러니까 김 작가의 이 한마디는 두 사람의 오랜 관계가 만들어 낸 결과물이었던 것이다.

(처음 이 책의 원고는 우리 사이에서 줄곧 '힐링 미술관'으로 불리다가 책을 낼 시점에 '영달동 미술관'으로 제목을 바꾸었다)

피 작가와 함께 이야기의 플롯을 만들고 적절한 미술 작품을 배치하면서 어려움을 느낀 적이 단 한 번도 없었다. 그는 궁금증과 호기심이라는 동전을 집어넣으면 언제든 '미술'을 술술 뱉어 내는 자판기 같은 사람이다. 사실 나는 비전공 전문가를 선호하는 편인데, 엘리트 지식인들은 오랫동안 몸담은 학계의 틀과 룰에서 자유롭지 못한 탓에 지식을 전달하는 과정에서 대중의 눈높이를 벗어나는 경우가 많기 때문이다. 그런 면에서 피 작가는 이 책에 최적화된 전문가였다. 좋아하는 일에 미쳐서 매달리다 보니 되어 버린 '어쩌다 전문가'.

앞으로 그와 함께할 작업을 생각하면 가슴이 설렌다. 내가 이미 침을 듬뿍 발라 놓았으니 이 책이 성공하더라도 다른 출판사의 기획·편집자들은 피 작가에 대한 욕심을 거두시길.

20년 동안 책을 만들고 남의 글을 만지고 고스트라이터로 활동하면서 언젠가는 내 이름으로 책을 내겠다는 생각을 품어 왔다. 하지만 그 작업은 언제나 차차차순위로 밀렸고 속도가 더뎌서 오래전 스스로 했던 약속에 마음의 빚이 쌓여 가는 중이었다. 그러던 중 이 책에 슬그머니 이름을 올리게 되었다. 이 책이 만들어지기까지의 인연이 놀랍다.

지금까지 여러 출판사에서 수많은 사람들과 함께해 왔다. 지금은 이름과 얼굴도 가물가물한 숱한 사람들의 도움으로 그나마 게으른 밥벌이를 하고 있다. 그리고 앞서 이름을 밝힌 두 사람 외에 비정기적 출판사인 행복한작업실에서 정기적으로 우정을 나누고 있는 임동건 부장에게도 감사를 전한다. 이 책의 처음부터 함께해 준 아내 추미옥에게는 사랑을 전한다.

2020년 여름, 이양훈

'행복하게 만든 책이 행복을 만듭니다.'

영달동 미술관

초판 1쇄 찍은 날   2020년 10월 5일
초판 1쇄 펴낸 날   2020년 10월 15일

지은이   피지영, 이양훈
발행인   조금희
발행처   행복한작업실
등 록   2018년 3월 7일(제2018-000056호)
주 소   서울시 서초구 서초대로 65길 13-10, 103-2605
전 화   02-6466-9898
팩 스   02-6020-9895
전자우편   happying0415@naver.com

편 집   이양훈
본문 디자인 이인선
마케팅   임동건

종 이   비전 P&P
제 작   에스제이 P&B

ISBN   979-11-970572-0-5 (03810)

∵ 이 책은 저작권법에 따라 보호받는 저작물이므로, 저작자와 출판사 양측의 허락 없이는
   일부 혹은 전체를 인용하거나 옮겨 실을 수 없습니다.

∵ 책값은 뒤표지에 있습니다.

은퇴를 바라보는 관점을 바꾸어 주는 책!

은퇴 이후가 두려운 당신에게 드리는
아주 특별하고도 설레는 이야기

은퇴하면
세상이
끝날 줄 알았다

이아손 글 | **조금희** 그림 | 256쪽 | 값 14,800원

'경제'가 아니라 '삶의 콘텐츠'를 만들며

은퇴 이후의 행복을 누리는 사람들의 생생한 이야기를 전해 드립니다.

그리스-로마 신화와 북유럽 신화를 중심으로
중국 · 인도 · 이집트 · 메소포타미아 · 일본 신화까지
세계 7대 신화를 내 것으로 만들어 주는 단 한 권의 책!

상위 1%를 위한 지식
고대의 지혜로
미래를 열다

이아손 글 | 조금희 그림 | 값 16,500원

1. 각 신화의 맥락을 파악하도록 핵심 내용만 정리하고,

2. 각 신화의 공통점과 차이점을 분석했으며,

3. 오늘날의 일상과 맞닿은 연결 고리를 밝혔습니다.